KB167076

서른즈음에 만난
서른 명의 아버지

우동준

내 얼굴에
아버지가 있다

호밀밭

누군가를 주제로 글을 적는다는 건 휘몰아치던 감정이 가라앉고 단단히 굳어졌다는 의미일 텐데, 아버지에 대한 감정이 이렇게 빨리 정리될 줄은, 특히 두 번째 책의 주제가 '아버지'가 될 줄은 조금도 예상하지 못했다.

아버지에 대한 글을 쓰고 싶다는 마음을 품고, 다양한 아버지들을 만나 인터뷰한 지 벌써 10년이 지났다. 앞으로 몇 권의 책을 더 쓰게 될지 모르겠지만, 이 책만큼 어렵고 오랜 시간 수정할 책은 없을 것이다. 처음 편집자에게 1차 교정본을 보냈을 땐 나와 아버지에 대한 이야기가 가장 앞에 있었다. 어느 정도 작가의 개인적인 이야기가 있어야 '아버지 인터뷰'를 하게 된 이유와 맥락을 이해하지 않을까는 생각이었다.

하지만 편집자와 주고받은 몇 번의 논의 끝에 나와 아버지의 사적인 이야기는 모두 제외하기로 결정했다. 가장 쓰고 싶던 글이었지만, 가볍게 완성한 초고가 모두 아버지를 향한 공격이자 어느 정도의 배설과 같았기 때문이다. 초고는 검사와 판사가 된 내가 아버지에게 내리는 잔인한 구형이자 재판이었고, 맥락을 외면한 채 단어로만 제목을 뽑아 사실을 호도하는 잔인한 헤드라인과 같은 글이었다. 일방적으로 써 내려간 문단 위에서 자신의 삶을 변호할 권리를 잃은 아버지를 발견했기에, 나는 앞서 쓴 모든 글을 삭제하고 새롭게 써 내려가야 했다.

수정할수록 자신감을 잃었던 건 지극히 개인적인 이야기가 타인에게 얼마나 의미 있을지에 대한 고민 때문이었다. 이런 글은 확장성도 공감성도 부족한, 많은 이에게 분명히 쓸모가 없는 글이라 생각했다. 그러다 2020년 2월, 아카데미 시상식에서 세계적인 거장 마틴 스코세이지 감독에게 영향을 받았다는 봉준호 감독의 한 마디. "가장 개인적인 것이 가장 창의적인 것"이라는 문장이 내게 다시 용기를 주었다. 많진 않겠지만, 분명 나처럼 아버지를 향한 아픔 혹은 해소되지 않은 사건으로 자신에 대한 정체성마저 고민하는 이가 있을 것이다.

　이 인터뷰 작업은 아버지와 닮은 내 모습을 발견하며 시작했고, 무엇보다 내 안에 담긴 아버지에 대한 감정을 조금씩 내려놓기 위해서 이어왔다. 나는 인터뷰를 하며 근엄한 아버지를 만나고, 근엄하지 않은 아버지도 만났다. 돈을 잘 버는 아버지도 만났고, 돈보다 술을 좋아하는 아버지도 만났다. 누구나 존경할만한 직업의 아버지도 만났고, 부끄러운 과거를 가진 채 세상에 섞여 조용히 살아가고자 하는 아버지도 만났다. 모두 누군가에게 미안해했고, 어떤 순간을 자랑스러워했으며, 가족의 인정을 기대하고 또 그리워했다.

　인터뷰를 마치고, 그들의 이야기로 한 편의 책을 마치며 도달한 결론은 간단하다. 세상에 '아버지'란 단일한 모습은 없다는 것, '아버지'란 이유로 당연히 부여되는 권위나 마땅한 책임 역시 없다는 것이다.

　그들은 특정한 조건을 갖추기 이전에 이미 누군가의 아버지였다. '아버지다운 삶'이란 모델에 맞춰 살아가는 이는 한 명도 없었고, 모두가 각자가 할 수 있는 범위 안에서, 이해받거나 혹은 오해받으며 살아가는 삶이었다.

인터뷰를 마치면 아버지에 대한 구체적인 상을 찾을 수 있을 것이라 기대했지만, 오히려 나는 그들과의 대화를 통해 내 머릿속에 뿌리 깊게 박혀 있는 '아버지'란 존재를 해체할 수 있었다. 그래서 이 책의 중요한 주제는 '아버지의 다양성'을 드러내는 것이라 할 수 있다. 많은 사람이 이야기하는 '아버지다운' 태도와 삶이 얼마나 허약한지 서른 명의 아버지를 통해 하나씩 해체해가는 과정이 여기에 담겨 있다.

우리 사회는 아버지의 얼굴을 하나로만 표현한다. 찌푸리거나 인상 쓴, 얼핏 보면 화난 것 같이 과묵한 중년 남성의 얼굴이다. 나는 아버지의 얼굴이 다양한 사회를, 아버지가 되고자 하는 이들이 애써 달라지려 하지 않고 자신의 얼굴로 아버지가 되는, 모두가 나다운 아버지가 되길 꿈꾼다. 이 책의 표지에 담긴 아버지 얼굴은 콜라쥬처럼 저마다의 개성을 담고 있다. '아버지'란 단어에 담긴 다양성을 최대한 전달하고 싶었는데 최효선 디자이너님이 재기발랄한 일러스트로 표현해주셨다.

이 책의 흐름을 따라가다 보면 모두 저마다의 이야기를 통해 정형화된 아버지의 얼굴에서 벗어나 아버지의 눈, 아버지의 코, 아버지의 손을 그릴 수 있을 것이다. 이제 이 책을 통해 다양한 표정을 가진 아버지의 삶을, 내 아버지 얼굴 속에 담긴 존재의 다양함을 마주하길 바란다.

2021년 유난히 더운 여름,
커뮤니티공간 생각하는바다에서

아버지란
낯선 세계

1

어느 날, 거울에서 아버지를 보았다

텅 빈 주차장. 홀로 줄넘기 연습을 하는 꼬마를 보았다. 작은 키에 미간을 찌푸리며 줄넘기를 연습하는 아이. 어린 날 주차장에서 홀로 땀 흘리며 연습하는 내 모습이 스쳐 간다.

"엄마- 줄넘기 연습하고 올게요" 허겁지겁 신발장에 걸린 줄넘기를 들고 문을 나선다. 왼쪽으로 조금만 돌아나가면 자유롭게 운동할 수 있는 널찍한 공터가 있지만, 나는 군이 빼곡히 주차된 언덕 위로 향한다. 여기 이 언덕에 오르면 마을 아래의 모든 도로를 한눈에 바라볼 수 있다.

탁탁탁. 얇은 고무줄이 땅바닥을 스치고, 가쁜 숨을 내쉬며 골목을 오르는 자동차의 번호판을 바라본다. 1096. 매일 저녁 줄넘기를 핑계로 하염없이 기다리던 아버지의 자동차 번호. 언덕 아래에서 검은색 차량이 올라

오면 혹시 아버지가 아닐까 싶어 한달음에 뛰어 내려갔던 그 날, 그때의 시간들.

아버지와 나는 꽤 오래전 서로에게서 멀어졌다. 어린 날에는 이해하기 어려운 이유였지만, 이젠 그것만이 서로를 위한 최선의 선택이었음을 알고 있다. 몇 밤 자면 오냐는 어린 아들의 물음에 아버지는 백 밤이면 충분하다 했다. 100이란 숫자 정도는 그리 어렵지 않게 헤아릴 수 있던 나이였지만, 나는 홀로 맞이할 백 한 번째 밤을 감당할 자신이 없어 금세 셈을 그만두었다. 흔들리는 아버지 눈빛에, 지키지 못할 약속임을 쉽게 알 수 있었기 때문이다.

아버지의 부재가 익숙해지고, 존재가 희미해진 오늘이다. 하루빨리 어른이 되겠다는 조급한 마음은 누구도 바라지 않았던 '가장'이란 옷을 서둘러 입게 했다. 서툴렀던 자기 객관화로 '해야 한다'와 '할 수 있다'를 혼동했던 나는 뻣뻣하면서도 무거운, 시시하면서 어설픈 가장이 되었고 그땐 그게 다른 가족을 위한 책임인 줄 알았다.

역할과 책임이 명료해지자 가장 먼저 사라진 건 명

랑함과 꿈이었다. 딱지 치자는 친구의 말에도, 구슬치기 하자는 친구의 말에도 나는 출근하듯 허겁지겁 집으로 뛰어가기 바빴다. 아버지의 빈자리를 메우기 위해 무얼 해야 할지 몰랐기에 가만히 집에 머무는 것이라도 해야 했다. 많은 것을 해내려 하지 말고, 그저 자신을 잘 지키는 것으로 충분했지만, 나는 친구들과의 웃음을 너무 서둘러 잃어버렸다.

무미하고도 건조한 아이였지만, 그런 내게도 꿈이 있었다. 검은색에 길쭉한 차체가 멋있었던 대우 프린스, 나도 얼른 어른이 되어 할아버지에게서 아버지로 이어진 올드카를 몰아보는 것. 손때가 묻고 다 해져버린 시트였지만, 차 번호 1096 프린스는 포르쉐, 벤츠보다 멋진 나만의 드림카였다.

아버지는 할아버지에게 운전을 배웠던 것처럼 내게도 직접 운전을 가르쳐준다고 했다. 몇 살이 되면 운전 가르쳐 줄 거냐는 물음에 아버지는 씽긋 웃으며 스무 살이라 답했고, 그날 밤 나는 이불을 뒤집어쓰고 오금에 숟가락을 끼워 한 손으로 멋지게 기어를 바꾸는 연습을 밤 늦어지도록 했다. 아마 그날이 두 눈을 뜨고 꾸었던 첫 번째 꿈일 것이다.

　나는 운전면허를 늦게 땄다. 스물일곱에 면허를 따고 작은 중고차로 운전을 시작했으니 또래보단 훨씬 늦게 시작한 셈이다. 대학가기 전 애매하게 남은 시간이 운전면허를 취득하기 가장 좋은 때였지만, 함께 가자는 친구들의 말에도 돈이 없다는 현실적인 핑계를 둘러대며 거절했다.

　운전만큼은 내 아버지에게 배우고 싶었다. 많은 것을 잘하진 못했어도 운전만큼은 참 잘하셨던 아버지였다. 언젠가는 꼭 차 뒷유리에 '도로 주행 연습 중'을 붙이고, 조수석에 아버지를 태워 당당히 운전대를 잡아보고 싶었다. 같은 곳을 바라보고, 같이 긴장하고, 같이 안도하는 경험을 갖고 싶었다.

　클러치를 밟고 부드럽게 기어를 바꾸는 아버지의 모습은 능숙하게 삶을 통제하는 모습이었고 갑자기 튀어나온 자전거에 놀라지 않고 브레이크를 밟는 모습은 언제나 위험이 상존하는 삶에서 여러 변수를 비껴가는 어른의 뒷모습, 뒤에 앉은 나와 동생을 든든하게 지켜주는 멋진 보호자의 모습이었다. 아무리 생각해도 성인이 된 아들에게 아버지로서 무언가를 알려줄 수 있는 가장 마지막 자리는 운전석이었다. 오래되고 낡은 검은색 차량은 기억나지 않는 먼 과거로부터 나의 오늘까지 이어지는 하나의 역사이기에 끝까지 놓치고 싶지 않았다.

나와의 약속을 지킬 수 있게 그를 기다리고 싶었고, 그래서 더 오랜 밤을 기다렸지만 우리는 결국 이어지지 않았다. 헤어진 그 순간부터 삶의 어떤 순간도 교차하지 않은 채 아버지와 나는 다른 세상을 살았다.

켜켜이 시간이 쌓여 뒷좌석에 앉아 바라보았던 거대한 어른의 뒷모습, 시시하고 지루한 30대가 된 나는 매일 아침 운전석에 앉아 들끓는 엔진 소리로 하루를 시작한다. 이젠 내 이름으로 된 차를 타고 내가 원하는 방향으로 핸들을 이리저리 꺾으며 하루씩의 삶을 통제하고 있다. 시야가 좁은 골목을 지날 때면 갑자기 튀어나올 자전거와 사람을 예측해 미리 브레이크를 밟기도 하고, 사회의 규정에 따라 적당히 속도를 조절하며 도로의 논리에 순응하고 있다.

이제 내 옆엔 함께 살아가는 어머니와 동생, 그리고 사랑하는 사람이 앉아 있다. 네 사람이 빼곡하게 앉은 나의 작은 차. 만약 지금 아버지를 만난다면, 그가 앉을 자리는 어디여야 할까. 둘러보아도 아버지가 앉을 마땅한 자리가 보이지 않는다. 내 차가 작아서일까, 아니면 너무 오랜 시간이 지나서일까.

기다리지 않자 어린 날 바라보았던 기억 속 아버지의 뒷모습이 사라져간다. 더는 아버지의 목소리도, 아버지의 웃음소리도 또렷하지 않다. 아버지가 사라져가는 서른의 삶이다. 종일 이어진 운전으로 노곤했던 하루. 피로를 씻어내려 뜨거운 물로 샤워를 하고, 거울 앞에서 흰 거품과 면도기를 꺼내 든다. 요즘 따라 수염 정리가 깔끔하지 못한 것 같아 거울로 가까이 다가간다.

그런데 문득 안경을 벗은 내 얼굴에서 낯설고도 익숙한 사람이 스친다. 익숙한 주름, 익숙한 표정. 누구였더라. 한참을 고민하다 내뱉은 한 마디. '아! 아버지다.' 거울 속에 아버지가 있다. 아니, 내 얼굴에 아버지가 있다. 서른이 된 내 얼굴에서 이제 아버지의 모습이 비치기 시작한다.

아버지가 궁금해졌어

'내 얼굴에서' 잊고 있던 아버지를 발견한 순간 지금은 무얼 하는지, 노쇠한 그의 모습은 어떨지, 어릴 적 올려다본 모습과는 얼마나 다른 얼굴일지 궁금해졌다. 아버지를 향한 어떤 따뜻하거나 애정 가득한 마음이 생긴 건 아니다. 그저 20년이란 아득하고도 구체적인 시간이 아버지를 향한 미움과 아픔을 희미하게 만든 탓이다.

나는 아버지를 잊고 지냈지만, 아버지를 기억하는 분들은 덩치가 커진 나를 보며 어찌 그리 아버지와 똑같이 생겼느냐며 놀라워했다. 아버지의 서른을 지켜본 어머니는 웃는 소리와 곯아떨어졌을 때의 모습이 영락없이 젊을 때의 네 아빠 모습이라며 소스라치게 놀라기도 하고, 이따금 그리운 얼굴을 짓기도 했다.

한 번도 보지 못한 행동마저 닮을 수 있다는 사실은 그리 유쾌하지 않았다. 마치 내가 누군가의 그림자인 것 같았고, 진짜 내 모습은 이 세상 어디에도 없는 것만 같은 기분이었다.

아버지와의 유쾌하지 않은 연결은 내 평생의 삶을 따라다녔다. 아직 성인에 이르지 못한 '소년' 시절의 나에겐 특히나 아버지가 필요했다. 아버지가 벌어다 주는 돈이 필요했고, 내 몸에서 일어나는 변화에 대한 위로자로도 필요했다. 무섭기만 한 세상에서 어떻게 살아가야 하는지에 대한 안내자로도 필요했고, 코앞에 닥친 위기를 해결할 수 있는 능력 있는 해결사로도 필요했다. 그리고 사회의 모든 곳에서 미성년의 시기를 보내는 나를 보며 내 아버지의 존재를 물었다.

"니네 아부지 뭐하시노"

영화 〈친구〉에 나오는 명대사다. 많은 이가 극적인 연출이라 생각하겠지만, 부산 광안리 바다 앞에서 학창 시절을 보냈던 나에겐 다분히 현실적인 문장이다. 중학교, 고등학교 담임선생님 모두 학생들을 효율적으로 관리한다는 명목으로 학기 초부터 개별 면담을 통해 아버지 직업을 물었다.

면담이 끝나면 어떤 학생은 자신감 가득한 표정으

로, 또 어떤 학생은 잔뜩 풀이 죽은 채로 나왔다. 쉽게 대할 수 있는 학생과 조심해야 할 학생을 나누는 기준은 '아버지'였다. 아버지를 통해 '가능성'과 '가치'가 매겨지는 세계에서 아버지가 없던 나의 가능성은 그리 무한해 보이지 않았다.

'가정환경조사'란 이름으로 배부된 종이는 내가 아닌 나의 보호자를 파악하기 위한 종이였다. '보호자'라는 법정 대리인이 있어야 비로소 나를 설명할 수 있었던 시간은 존재만으로 내가 설명되지 못했던, 불안한 미완의 시절이다.

어머니를 설명하던 단어는 한동안 '전업주부'였다. 여기저기 단기직 일자리를 옮겨가며 홀로 두 아이의 생계를 책임져왔던 어머니였다. 분명 정당한 노동을 통해 정직한 돈을 벌었지만 직업란은 응당 그래야 한다는 듯 '전업주부'였다.

직업이 있는데 왜 전업주부라고 써야만 할까 의문이었지만, 그보다 궁금한 건 아버지를 설명하던 공란이었다. 으레 그렇듯 매년 비어있는 칸을 제출하던 나는 어느 날 순수한 호기심으로 어머니에게 물어보았다.

"엄마! 아빠 직업은 뭐라고 해야 해?"

어머니는 어린 아들의 질문에 적절한 답을 찾지 못해 한참을 고민했다. 더럽고, 서럽고, 치사한 세상 속에서 숱한 경험이 쌓인 그였지만, 학교 선생님이 의아해하지 않으면서도 어린 아들이 상처받지 않을만한 적당한 단어를 찾는 일은 쉽지 않았다. 한참을 고민하던 어머니는 펜을 들고 빈칸을 직접 채워주었다.

'자영업'

자영업이란 단어에 나는 더 묻고 싶은 게 많아졌지만, 아무것도 묻지 않았다. 미루어 짐작한 답변은 명확하고도 슬펐다. 그리고 이 순간부턴 호기심은 어느 정도 묻어두어야 한다는 걸, 모호함이 서로가 상처받지 않을 최고의 대답이란 걸 직감적으로 알아차렸다. 다음 날, 나는 당당히 종이를 제출했지만, 선생은 참 지독히도 물었다.

"니네 아버지 그래서 뭐 하시노? 동네 구멍가게를 한다는 말이가, 아니면 사업을 하신다는 말이가."

우리 반 친구들은 제 아버지의 직업도 알지 못하는 나를 한참 바라보았다. 어린 나이에 할 수 있는 최고의 저항은 적의에 찬 눈빛과 침묵이었다. 지독히 캐묻는 선생 앞에 나는 아무런 답도 하지 않았고, 선생은 이글거리는 아이의 눈빛을 보고서야 무언갈 짐작했는지 날 선 질문을 그쳤다.

다른 친구가 제출한 종이를 읽은 선생은 아무런 말도 하지 않았다. 또 다른 친구가 제출한 종이를 보고도 질문은 없었다. 그랬다. 가정환경조사를 하며 질문을 받는다는 건 어딘가 문제가 있다는, 어딘가 남들과 같지 않다는 공공연한 인증이었다.

가정환경조사는 내가 머물러야 하고 머물 수밖에 없는 환경을 학습시켜주었다. 그러니까 이전까지 다를 바 없던 나와 짝꿍이 서로의 부모를 알게 되면서부터 조금씩 달라진 것이다. '니네 아버지 뭐하시노.' 이 작은 질문이 누군가에겐 자신감을, 누군가에겐 위축과 부끄러움을 남겼다. 다음 학년의 가정환경조사에서는 아버지 직업이 무엇이냐고, 그래서 대체 '자영업'이 무슨 의미냐고 어머니에게 묻지 않았다. 선생의 질문에 내가 느껴야 했던 오

랜 고민과 길고 긴 난처함, 가장 적절한 단어를 찾아내야
했던 슬픔을 어머니에게 다시 던지고 싶지 않았다.

　'너희 아버지는 무슨 일 하셔?'
　'아버지랑은 옛날에 헤어져서 잘 몰라.'

　아버지의 직업으로 서로를 판단하던 습관은 여전히
남았다. 90으로 시작하는 주민등록증이 나오고 나만의
번호로 맥주도 사고 소주도 사고 담배도 살 수 있는 성인
이 되었지만, 내 아버지가 무엇을 하느냐는 질문은 여전
히 서로를 판단하는 좋은 잣대였다.
　모른다는 답은 귀찮은 질문을 막을 수 있는 최고의
답변이기에 서툰 거짓말 실력만 잔뜩 늘었다. 서툰 거짓
말은 그렇게 계속 덧칠해지고 다듬어져서 헤어짐은 옛날
의 사건이, 당신을 모른다던 거짓말은 점점 세련된 진실
이 되었다.

　'니네 아버지 뭐하시노.'
　'글쎄요 선생님. 이젠 정말 모르겠는걸요?'

이젠 내 아버지가 어떤 사람인지, 무엇을 좋아하고, 무엇을 싫어하는지 모르겠다. 그렇게 나는 아버지를 향한 의문을 잃었다.

모든 질문엔 때가 있다. 특정한 시간이 지나면 해결 여부와 상관없이 질문은 그 자체의 의미가 상실되고 만다. 여린 성장의 시기엔 아버지의 모든 것이 궁금했다. 크게 다툰 친구와 화해는 어떻게 해야 할지 묻고 싶었고, 좋아하는 사람에게 마음을 어떻게 표현해야 할지 묻고 싶었다. 아버지의 지난 시도를 청해 들어 나의 길을 다잡고 싶었고, 아들과 아버지로 마주 앉아 앞선 삶의 언어를 듣고 싶었다. 하지만 순간에 꺼내지지 않은 질문은 조금씩 말라갔고 우리는 이후로도 여전히, 아직까지 마주 앉지 못했다.

'혹시 내 아버지에 대한 의문을 끝까지 놓지 않는 것이 모두를 위한 일이었을까.' 매일 밤 자신에게 물어보지만, 여전히 답은 모호하다. 하지만 고민이 깊어질수록 꼭 꺼내야 할 질문이, 아무도 묻지 않았지만, 꼭 물어야 할 질문이 점차 또렷해져 갔다. 평생 아버지의 직업이 무엇이냐는 질문을 받아온 내가 되묻고 싶은 질문은 이것이다.

'여러분, 그 질문 말고요. 아버지가 어떤 일을 하느냐는 질문 말고요. 아버지가 어떤 사람이냐는 질문을 먼저 던져야 하지 않겠어요? 왜 아무도 아버지가 무엇을 좋아하는지, 무엇을 두려워하는지, 어떤 삶을 꿈꾸었는지, 어떤 성격의 사람인지는 묻지 않나요?'

어른이란 낯선 세계

새로운 질문을 찾자 많은 것이 개운해졌다. 내 아버지의 직업과 역할에 대한 답을 찾지 않으니 더는 슬프지 않았고, 60대 중반에 배가 나오고 머리카락이 가벼워지기 시작했을 한 사람에 대한 의문이 조금씩 싹트기 시작했다. 아버지이지만, 아버지가 버거울 수 있다. 어른이 되었다고 해서 모두 돈을 잘 벌고, 집을 사고, 넓은 차를 타는 건 아니니까. 성인으로서 자기 삶에 책임을 진다는 것이, 한 사회에 온전히 접속한다는 것이 마냥 쉬운 일이 아니라는 건 고등학교를 졸업하자마자 나도 알지 않았나.

아직 소년의 티가 벗겨지지 않은 이십 대 초반, 얼른 어른이 되어 아버지의 빈 자리를 채우고 싶던 나는 어느 상조회사의 영업사원으로 취직했다. 너무 영세해 면접도 없이 서류만으로 합격 통보를 전했던 그런 곳이었다. 생애 첫 출근을 위해 양복이 필요했던 나는 친척 어른에게 선물로 받은 작은 금반지를 팔아 11만 원이라는 돈을 마련했다. 지금 돌아보면 당시 금 시세에 전혀 맞지 않는, 말도 안 되는 적은 돈이지만 나는 세상에 좋은 사람과 정당한 거래만 있다고 생각했었다. 시세 확인도 흥정도 없이 잘 계산해주어 고맙다는 말만 남기고 나올 만큼 어리숙했고, 똑 부러지지 못했다.

꼬깃꼬깃한 지폐를 들고 지하상가로 향한 나는 가장 저렴한 푸른색 양복과 셔츠, 그리고 싸구려 구두를 샀다. 그리고 대망의 넥타이. 인터넷 사진을 따라 하늘색 넥타이를 이리 돌리고 저리 돌려보아도 도통 단정한 매듭이 매어지지 않았다. 분명 차분히 매듭을 매었지만, 내가 묶는 넥타이는 꼬여있다는 표현이 맞을 정도의 요상한 모양이었다. 의지할 사람 없이 홀로 넥타이를 고쳐 매던 순간은 이제 본격적으로 어른의 영역에 들어섰음을, 그러나 내겐 시시콜콜한 어른의 팁을 알려줄 사람 따윈 없다는 것을 일러주었다.

어설픈 넥타이를 맨 스무 살의 어린 노동자를 받은 회사는 한 푼의 영업지원금 없이 월요일부터 금요일까지 재래시장 방문 판매를 시켰다. 땀을 흘리며 애쓰는 스물의 어린 얼굴이 안쓰러웠는지 가장 저렴한 상품으로 가입해준 상점 주인이 있으면 팀장은 얼른 자신의 이름을 담당자로 바꿔 서류를 꾸몄다. 팀장의 성과가 좋아야 우리 팀이 잘 된다는 말에 나는 그저 고개를 끄덕이기만 했다. 주말엔 모든 팀원이 함께 웨딩홀로 출근했다. 온종일 결혼식 보조 일을 맡으며 급하면 사회를 보기도 하고 주례자를 대신 섭외하기도 했다. 주 7일 중 7일을 일했던 나였지만, 정강이가 아리고 시큰한 무릎이었지만, 이것이 어른의 세계라는 생각에 드디어 나도 어른의 세계에 진입했다는 생각에 하루하루가 기쁘고 설레었다.

하지만 진정한 어른의 세계는 그런 순진한 통증으로 맛볼 수 있는 게 아니었다. 사장은 월급날 아침, 자금 사정이 어렵다며 한 주만 미뤄줄 수 있느냐고 하더니, 이 주가 되고, 삼 주가 되고, 한 달이 되어도 월급을 주지 않았다.

'그래도 사장님이 어렵다니까, 내가 조금 더 열심히 해야지.' 마음을 다지고 출근한 두 달째 아침, 거짓말처럼 사무실의 모든 것이 사라졌다. 어제까지 사무집기가 가득하던 사무실이 황량하게 비어 있고, 이번 달엔 당당히 함께 월급을 요구하자던 팀원들도 나오지 않았다. 나만

빼고 모든 것이 순간에 사라진 것이다. 현실은 잔인했다. 어른이란 낯선 세계의 폭력은 보이지 않아서 아팠고, 부끄러워서 위로받지 못했다.

아버지라는 방파제 없이 홀로 들어선 어른의 영역은 공허하고 외로웠다. 어느 정도 영악해야 당하지 않았고, 앞선 의심만이 나를 지켜줄 수 있는 유일한 수단이었다. 이젠 지난 경험을 통해 어른으로 무언가를 증명하고 해낸다는 일이 만만치 않다는 걸 잘 알고 있다.

그러니 이 어려움은 아버지도 마찬가지였을 것이다. 아버지를 닮은 나니까, 아마 아버지도 나만큼 둔했을 테고 어리숙했을 테다. 남들은 잘 해내지만, 내게 유독 버거운 일이 하나씩은 있지 않은가. 어쩌면 아버지에겐 아버지란 역할이 그렇지 않았을까. 세상을 이기지 못한 나의 아버지였지만, 직업으로 당신의 존재와 가치를 평가했던 세상처럼 나를 향한 역할과 책임만으로 당신의 존재를 묻고 싶지 않았다. '아버지'란 역할을 버거워했던 그였기에 이젠 잣대를 내려놓고 그의 인생을 조금 더 편히 바라보고 싶다.

이제 시간이 흐르고, 제법 양복이 어울리는 나이가 되었지만, 여전히 단정한 스타일로 넥타이를 매는 것은 어렵기만 하다. 그러다 얼마 전 인터넷 기사를 통해 화제가 된 한 미국 유튜버를 보았다. 12살부터 혼자였던 미국인 롭 캐니는 성인이 된 후, 직접 넥타이를 매는 영상과 집 안의 여러 부품이 고장 났을 때 수리하는 방법을 하나씩 찍어 올렸다. 어른의 역할이 필요한 누군가를 위해 어른이 된 자신이 직접 참고영상을 업로드하는 것이다. 유튜브 채널 'Dad how do I'을 운영하는 그는 자신이 필요로 했던 것처럼 삶의 순간마다 아버지가 필요한 아이들을 위해 직접 영상을 만들고 웃음을 전하고 따뜻한 미소를 전했다. 나의 결핍을 통해 타인의 결핍을 바라보는 것이다.

캐니의 유튜브에 들어가 친절한 영상을 따라 천천히 넥타이를 매어본다. 어느새 단정하고 올곧은 직선의 넥타이가 목 아래 놓여 있다. 랜선 너머의 누군가를 향한 낯설지만 따스한 배려. 어떤 고통이든 앞서 겪어낸 사람은, 지금 같은 고통을 겪고 있는 사람을 위로할 수 있다.

때때로 결핍에 대한 감각은 그렇게 나와 타인의 중요한 연결고리가 되기도 한다. 나 역시 롭 캐니처럼 12살부터 혼자였고 여전히 넥타이를 잘 매지 못한다. 그렇기에 화면 뒤 캐니의 시도처럼, 지난 결핍의 경험을 양분삼아 무엇이든 남기고 싶었다. 나는 '어른이란 낯선 세계'를 향해 가는 이들을 위해 무엇을 할 수 있을까?

상실을 끝낼 수 있는 법

가장 먼저 나의 감정에 주목할 필요가 있었다. 나에게 아버지는 어떤 존재인지, 나는 아버지에게 무엇을 묻고 싶은지 천천히 되짚어야 했다. 우선 아버지와 가장 먼저 연결되는 감정은 '상실감'이었다. 그럼 나는 언제 가장 큰 상실감을 느꼈을까. 가만히 되짚어보니 주말마다 아버지와 목욕탕을 찾는 친구들을 그렇게 부러워했었다. 지금에서야 말하지만, 그땐 내 등을 밀어줄 사람이 없다는 사실이 괜히 속상하고 그랬다.

혼자 등을 밀어 보겠다고 때수건을 들고 낑낑대며 팔을 꺾는 내 모습이 거울에 스칠 때면 괜히 처량하기도 하고 우습기도 했다. 이젠 내 돈으로 바나나 우유를 몇 팩이나 사 먹을 수 있고, 한증막의 묵직한 열기에서 개운함을 느낄 나이가 되었지만, 예전만큼 목욕탕을 자주 찾진 않는다. 그건 여전히 갖지 못한 것과 잃은 것을 마주했던,

예민한 눈으로 친구와 모든 것을 비교하던 서툰 기억과 체험이 또렷이 남아있는 공간이기 때문이다. 그런데 그럴수록 상실감을 느꼈던 목욕탕, 아버지를 그리워하던 목욕탕으로 가장 먼저 향해야 했다. 아버지가 아닌 '그'로서 바라보는 시선의 전환을 이루기 위해선 해소되지 못한 지난 감정을 하나씩 직면해야 했다.

그렇게 곧바로 구직 사이트를 뒤져 부산에서 가장 크다는 목욕탕에서 일을 시작했다. 하는 일은 두 가지. 라커룸에서 각종 목욕용품을 팔거나 욕탕에서 음료수와 아이스크림을 팔며 탕을 정리하는 일이었다. 목에 수건을 걸고 욕탕 음료 코너에 앉아 신나게 물장난치는 아이를 바라보는 건 지루한 업무를 버틸 수 있는 기쁨이었다. 아무 걱정과 고민 없이 즐겁게 뛰어노는 아이를 바라보고 있으면 어렵게만 꼬여가는 내 삶도 함께 녹아 사라지는 느낌이었다.

비어있는 샴푸 통을 채우기 위해 이리저리 욕탕을 돌다 보면 정답게 서로의 등을 밀어주는 아버지와 아들을 만날 수 있다. 아이의 때를 미는 아버지도 있고, 노쇠한 아버지의 등을 밀어주는 장성한 아들도 만난다. 나와 닮은 표정으로 혼자 등을 미는 이도 있고, 옆자리의 꼬마를 보며 어딘가 쓸쓸한 표정을 짓는 할아버지도 있었다.

하루는 꼼꼼히 아들의 등을 밀어주는 아버지 모습을 뚫어지게 바라보았다. 탕에서 더 놀고 싶은 아이의 표정엔 불만이 가득했지만, 굵은 때를 벗기는 아버지의 표정엔 성취감이 가득했다. '맞아. 기억나.' 나도 딱 저 나이. 옷 하나 걸치지 않고 뛰어놀 수 있어서, 온탕에 있다 냉탕에 뛰어들 때의 저릿함과 어른 흉내를 내며 모래시계를 돌려놓던 한증막의 쿰쿰한 냄새가 있어 목욕탕이 좋았다.

그리고 무엇보다 뜨거운 탕에 오래 앉아 있으면 기특하다며 아버지가 내어주던 노란 색의 바나나 우유가 좋았었다. 지금은 파란색의 뽀로로 음료가 되고, 욕탕 안에서 파는 꼬불꼬불한 아이스크림이 되었지만, 보상이 무엇이든 중요하지 않다. 더 소중한 건 뜨거운 물에 앉아 있는 작은 일만으로도 기꺼이 받을 수 있던 '잘했다'는 칭찬과 '이제 다 컸네'라는 인정일 테니. 누군가로부터 받는 충만한 칭찬과 시원한 목 넘김으로 기억될 짜릿한 보상은 평생에 두고 맛볼만할 소중한 경험이다.

목욕탕에서 일하고, 바라보고, 자고, 웃으며 지낸 시

간 속에, 목욕탕에서 만난 사람들 하나하나에 모두 새로운 이야기와 다양한 아버지들이 있었다. 매일 함께 야간 근무를 하며 손님들이 쓰고 간 샤워타월을 함께 치우던 두 딸의 아빠 공 씨 형님의 꿈은 만화가였고, 두꺼운 팔뚝으로 찜질복을 개는 초등학생 아들의 아빠 김 주임의 꿈은 헬스트레이너였다. 하루에 손님을 몇 명이나 받아도 쾌활함을 잃지 않던 프로 세신사 이 씨 아저씨의 꿈은 농부였고, 차가운 물수건을 이마에 올리고 매일 보일러실에 숨어 낮잠을 자던 최 씨 할아버지의 꿈은 잘리지 않고 계속 보일러실에서 낮잠을 자는 거였다.

그 모든 곳에 누군가의 아버지가 있었다. 그들은 노동자였고, 경제인이었으며, 나와 같은 고졸이자, 내가 되어야 할 한 가족의 구성원이었다. 시큼한 땀 냄새와 떡진 머리카락이지만, 깨끗하고, 그럴듯하고, 번듯한 직장은 아니었지만, 자신의 역할과 책임을 회피하지 않는 그들은 내 아버지와는 다른, 나름의 멋진 면을 지닌 아버지였다.

하루는 그들 모두에게 아버지로 사는 것이 지치진 않으시냐 물었다. 그들은 모두 허허 웃으며 아무런 답을 하지 않았다. 답을 할 필요가 없는 질문이었던 것인지,

아니면 답을 하는 것이 무의미할 만큼 아버지로 사는 하루하루가 지쳤던 것인지는 모르겠다.

또렷한 답을 듣지 못했지만, 뚜벅뚜벅 걷는 그들의 걸음을 닮고 싶었다. 자신의 꿈이 분명하면서도, 오늘의 삶이 내가 꿈꾸던 하루가 아님을 알면서도, 누군가를 지키고 책임을 다하기 위해 걸음을 멈추지 않는 그들의 의지를 닮고 싶었다.

누군가와 닮았다는 말에는 여러 함의가 담겨있다. 이는 닮은 얼굴이 닮은 삶으로 이어질 것이라는 믿음이기도 하면서 한 사람의 삶이 시간을 넘어 연속적으로 이어진다는 인식, 닮았기에 벗어날 수 없는 특정한 세계가 있다는 관점이기도 하다. 특히 상대에 대한 감정이 해소되지 않은 이가 말하는 '닮음'은 어느 정도 삶에 대한 경고의 메시지로 전해진다.

평소 날 선 감정을 표현하거나 모진 말을 하지 않는 어머니였지만, 내게서 아버지가 보였던 회피와 비겁의 태도가 나타날 때면 불같이 화를 내곤 한다. 아들만큼은 그와 다르길 바라는 교육의 마음과 당신이 겪어낸 지난 시간의 트라우마가 겹쳐 당혹스러울 만큼 뜨거운 언어가

쏟아지는 것이다. '너 방금 아버지와 똑같았어'는 가장 강력하면서, 나를 한순간에 무력하게 만드는 문장이다.

내게 가장 어려운 문장은 '닮고 싶은 아버지'다. 아버지처럼 살고 싶다는 마음 역시 앞으로도 이해하지 못할 영원히 어려운 감정일 것이다. 그래서였을까. 언젠가부터 내 성공의 기준은 자연스레 '아버지와는 다르게 사는 것'이 되었다. 내가 도달할 수 있는 최고의 성공은 내게서 아버지가 드러나지 않는 삶이었고, 나의 성공을 가늠하는 지표는 아버지와는 다른 선택을 하는 것이었다.

내 아버지는 늘 멋진 일을 하고 싶어 했다. 나이 서른이면 집을 사고, 마흔이면 골프 치고, 쉰이면 해외여행을 다녀야 남자라는 말을 늘 되뇌었던 분이다. 사업가란 명함, 특히 대표란 명함을 좋아했던 아버지는 가족을 지킬 수 있는 당장의 작은 일보다 그럴듯한 일로 포장된 '멋진 일'을 하고 싶어 했다. 권위는 요구하지만, 희생은 하지 않는 존재. 내 아버지는 그런 사람이었다.

나는 응당 세상의 모든 아버지가 그런 줄 알았다. 자신의 자리에서 묵묵히 자기 일을 해내는 목욕탕 속 누군가의 아버지들이 아니었다면 나는 세상의 아버지들이, 그리고 아버지가 되는 모든 존재가 당연히 그런 삶을 살

것이라 생각했다.

　어쩌면 세상의 모든 아버지가 내가 생각한 삶과 다를 수도 있겠다는 생각이 들자 나는 조금 더 힘을 내 세상을 헤매기로 했다. 나의 상실을 어떻게든 상실로 끝내지 않기 위해 더 넓은 세상 속 아버지를 만나보기로 했다.

　누군가의 아들에게 당신의 아버지와 나눈 하루의 대화를 전하는 것이 나의 상실을 끝낼 수 있는 가장 건강한 방법이었다. 내가 만난 아버지들을 인터뷰하고, 그들의 마음을 기록하고, 아버지란 단어 안에서 다양하게 살아가는 삶을 직면하는 것. 아버지의 퇴근을 기다렸던 어린 시절의 긴 밤을 알기에, 오늘도 긴 밤을 보낼 이들을 위해 낯선 아버지들의 고민과 꿈을 엮는 것을 나의 다음 과제로 정했다.

당신은 아버지에게 무엇을 묻고 싶나요?

이제 목표는 명확해졌다. 아버지란 이름으로 살아가고 있는 이들을 만나는 것. 그들에게 아버지로서의 삶을 묻고, 타인에게 전하지 못한 그만의 이야기를 꺼내 듣는 것. 아버지란 단어 앞에서 그도 나도 자유로울 수 있길 바랐다. 대화를 위해 가장 먼저 필요한 건 질문이었다. 낯선 아버지들에게 건넬 질문을 위해 먼저 오랫동안 만나지 못한 내 아버지를 향한 물음을 고민했다.

어느 밤 빈 노트를 펴고 내 아버지를 향한 질문을 한 글자씩 적어보았다. 하지만 새벽의 시간을 꼬박 태워도 온전한 문장 하나 엮지 못했다. 공백의 노트로 확인했던 건 더는 아버지가 궁금하지 않다는 사실뿐이었다. 어디에 있는지, 아픈 곳은 없는지 그래서 오늘 무얼 했는지 조금도 궁금하지 않았다.

우린 사랑할 때에야 물을 수 있고, 묻기 시작할 때에

야 관계가 시작될 수 있다. 그런데 나는 아버지를 사랑하지 않았던 걸까. 사랑하지 않았기에 그를 향한 질문이 하나도 꺼내지지 않았던 걸까. 도저히 질문이 꺼내지지 않던 나는 아버지와 함께 지내는 주위 친구들에게 물어보았다.

'너는 아버지에게 묻고 싶은 거 있어?'
'아니. 딱히. 궁금한 게 별로 없는데.'

'네 아버지는 어떤 일을 할 때 가장 기쁘다고 하셨어?'
'모르겠어... 들어본 적 없는 것 같은데?'

'아버지가 가장 하고 싶었던 일이 무엇인지 알아?'
'혼자 사는 거 아니었을까? 매일 혼자 고향 내려가서 농사짓고 싶다고 했던 것 같은데 물어보질 않아 모르겠네.'

아버지를 향한 질문이 마른 건 나만의 일이 아니었다. 아버지와 함께 살았고, 그를 존경하고, 여전히 그를 사랑한다고 고백하여도 우린 서로를 향한 질문을 잃어갔다. 서로에게 궁금한 것이 하나도 없는 관계. 어쩌면 이

건 나만의 현상이 아닐 수도 있겠다는 생각이 들었다. 그렇게 나와 닮은 20대, 30대 자녀 세대들을 만나 각자의 아버지에게 묻고 싶은 질문을 하나씩 수집했다.

나와 닮은 이를 향한 질문을 되찾기 위해 친구들의 질문을 모았고 그렇게 각자의 아버지에게 전하는 삶과 하루에 대한 고민은 총 180여 개, 개인적이고 추상적인 질문을 제외하니 최종 70여 개가 남았다. 나는 모든 질문을 아들과 아버지의 시선이 교차할 수 있도록 이어두었다.

아버지로서 어린 아들을 바라보는 시선을 꺼내고, 누군가의 아들로서 어느새 늙어버린 나의 아버지를 되돌아보는 시선을 꺼낼 수 있도록 유도했다. 누군가의 아들이었던 내가 곧 아버지가 될 테니, 아버지는 시간의 차이를 두고 중첩되는 정체성이다. 아버지로서 느끼는 감정과 역할, 그리고 압박감이 교차하며 가려져 있던 내 아버지의 지난 모습도 다시 비치길 바랐다.

다양한 아버지들에게 던지는 질문이 더 많은 대화를 위한 마중물이 되기를 바랐다. 여기에 담겨있는 질문을 활용해 오늘 밤 각자의 자리에서 아들과 아버지의 새로운 인터뷰가 시작되고, 꺼내지지 않던 서로의 진심을 확인하는 계기가 되길 희망했다. 질문은 상대를 향한 다가감이고 두드림이다. 문 뒤에서 어떤 사람의 감정이 쏟아질지 모르기 때문에 언제나 두드림은 적당한 위험을 감수해야 하는 일이다. 하지만 두드리지 않으면 아무것도 열리지 않는다.

오랜 시간 존경해온 어른은 나의 작업을 들으시곤 아주 조용히 말씀하셨다. '이번 책은 동준 씨에게 자기 회복과 자기 긍정을 남기는 중요한 과정이겠네요.' 그렇다. 내가 거울 속에서 아버지를 보았던 것처럼, 아버지와 나는 구별된 존재이면서 동시에 연결된 존재다. 외면해왔던 아버지를 향할수록 진짜 나를 만날 수 있을 것이다. 똑똑똑. 그렇게 오늘도 누군가의 아버지를 향해 낯선 문을 두드린다. 당신의 얼굴을 닮은 아버지에게 당신이 전한 질문을 던진다.

당신은 아버지에게 무엇을 묻고 싶나요?

그리고 당신은, 당신을 닮은 아이에게 어떤 질문을 받고 싶나요?

똑똑, 2
문을 두드리다

삶의 기본값은 행복이 아닙니다

with 이태백

누구를 인터뷰하느냐에 따라 주제와 의미가 달라진다. 인터뷰에서 가장 공을 들여야 하는 파트는 다름 아닌 섭외. 보통 인터뷰 작업을 위해선 적절한 사람을 찾는 것부터 일이 시작되지만, 나의 경우 섭외부터 진행까지 모든 과정이 생각보다 손쉽게 진행되었다. 어려울 게 없었다. 섭외를 위한 조건으로 누군가의 아버지면 충분했으니까. 나의 대상은 처음부터 '일상 속 아버지'였고 곧 음료수 사러 들어간 편의점, 아침에 탄 버스, 급하게 허기를 때운 식당, 어젯밤 술에 취해 잡은 심야 택시 등, 조금만 둘러보면 곳곳에 아버지가 있었다.

나는 인생을 사는 것 자체가 괴로움이고 고됨이고 힘듦이라고 생각해요. 살아보니 행복의 시간은 너무나 짧고, 불행의 시간은 참 길더이다.

오늘 찾은 곳은 매일 짧은 묵례만 건네며 지나치던 작고 좁은 주차경비실. 차 시동을 끄며 내내 바라만 보던 곳을 향해본다. 똑똑. 낯선 두드림에 잔뜩 경계하는 아저씨. 작은 선풍기와 1인용 전기장판이 겨우 허락된 작은 공간은 아저씨와 책상 하나로 이미 가득 찼고, 벽이라 부르기 민망한 얇은 철판은 거리와 세상의 냉기를 그대로 품고 있었다. 책상 위로 출입한 차량번호가 빼곡히 적힌 하얀 노트가 보인다. 그 위로 굴러가는 작은 몽당연필.

경비아저씨의 닉네임은 '이태백'이다. 살아온 세월이 드러나는 닉네임에 살짝 웃으니 이태백도 머쓱해 하며 인터뷰하는 사람이 너무 노인이지 않냐 웃었다. 이태백의 두툼한 겉옷엔 군데군데 작은 구멍이 나 있다. 기워내고 비슷한 천을 덧댄 흔적이 있지만, 그는 개의치 않는 듯 며칠째 그 옷을 입고 다닌 듯했다. 마치 분신처럼 보이는 기워낸 옷과 몽당연필. 이처럼 기능을 다 한 사람도 끝까지 사용될 수 있을까. 사회가 인정해주는 기능이 없다고 우리의 역할이 다한 것일까.

나는 죽는 기 하나도 안 두려워. 왜냐면 죽는 기 모든 고통과 두려움을 내려놓고 편안히 가는 거니까. 왜냐하면 지금 우리가 살아가는 이기가 지옥이거든. 죽으면 천당 간다 지옥 간다 하는 기 다 거짓말이야. 눈으로 보면 다 보이잖아. 저 사람이 지금 천당에서 살아가는지 지옥에서 살아가는지. 죽으면 다 천당이지. 죽으면 다 천당이야.

'영광의 시간은 짧았고, 고통과 번뇌의 시간은 길었다.' 이태백은 고 김영삼 대통령의 문장을 인용했다. 아버지에서 할아버지가 된 이태백은 염려하며 살아왔던 지난 시간만큼 앞으로 살아갈 시간을 염려했다. 누군가에게 삶은 고통과 염려의 연속이다. 오늘의 불안이 현실이 되는 내일이라면 그곳이 바로 지옥일 테니까. 나에게도 그랬다. 나와 어머니, 그리고 동생이 힘들게 통과했던 시간은 분명 고통이었다. 평생을 통과한 그가 말하는 '삶은 지옥'이라는 정의가 내게 쉬이 형용할 수 없는 위로를 주었다. 나의 삶도 그리 유별난 게 아니었다.

결혼하니 너무나 살아가는 게 고통스럽고 힘들었어요. 그래서 나는 며느리에게 아들이든 딸이든 하나만 낳으라고, 자식을 많이 낳으면 부모가 고생한다고 말했어요. 나는 인생을 사는 것 자체가 괴로움이고 고됨이고 힘듦이라고 생각해요. 살아보니 행복의 시간은 너무나 짧고, 불행의 시간은 참 길더이다.

그와 인터뷰를 하는 중에도 주차 관리실의 작은 창문으로 누군가의 키가 던져진다. 왜 이렇게 주차비가 비싸냐는 날카로운 문장에도 연신 죄송하다는 말만 건네는 이태백. 무엇이 불안한지 짧은 인터뷰 내내 다른 아버지들이 두고 간 커다란 차로만 시선을 돌렸다.

작은 관리실에서 나는 각자의 모습과 언어를 가진 아버지들을 만났다. 여유로우며 친절한 사람이 있었고, 고급스러운 옷을 입었지만 조급해 보이는 이도 있었다. 그리고 내 앞엔 '여기 아니면 누가 날 써주겠냐' 명랑하게 웃는 주차 관리인이, 매일 이곳에 앉아 지나가는 차와 사람에 미소를 전하는 이태백이 있다.

아버지란 이름은 정말 보편일 수 있을까. 아버지란 이름의 하루가 모두에게 동일할 수 있을까. 누군가에겐 아버지라는 호명이, 아버지로 산다는 일이 남들보다 몇 배나 더 큰 힘을 쏟아내야 하는 일이 아니었을까. 이태백의 하루는 내게 가장 중요한 고민을 남겼다.

그의 삶에 구체적으로 어떤 사건들이 있었는지 묻

지 않았다. 이미 자신의 삶을 반추해 아래 세대를 염려하는 마음에서 많은 슬픔이 묻어 나오기 때문이다. 그는 늘 혼자였다. 고독보단 외로움이, 쓸쓸함보단 황량함에 가까웠다. 내가 겪었던 것을 물려주고 싶지 않은 마음. 나의 경험을 물려주려는 아버지가 있고, 나와 같은 경험을 막으려는 아버지가 있다. 어느 쪽이든 분명 유의미한 가르침일 것이다.

그의 대답을 듣다 신발을 보았다. 신발 밑창이 떨어지면 버릴 법도 한데 그는 굳이 검은 실로 낡은 밑창과 신발을 꿰매 놓았다. 이처럼 이태백의 지나버린 아픔도 기워지면 좋겠다고 생각했다. 모나미 볼펜에 꽂아 쓰는 몽당연필처럼, 이태백의 낡은 신발처럼 구멍이 나버린 지난 경험도 얼기설기 묶어내 어느 하나 버리지 않고 자신의 삶을 마주하길 바랐다. 좁고, 춥고, 불안한 주차 관리실이지만, 이태백이 있는 이곳은 분명 존엄을 지키기 위한 삶의 현장이었다.

53

평범한 아버지가 되는 게 가장 어려운 일이죠

with 기돌이

오랜 기간 가까이 지내온 사람이 있다. 투쟁이라 불리는 날카로운 사회 현장을 함께 다니고, 사회 구조의 모순을 찾기 위해 궁리하고 행동하던 친구다. 스물 중반의 나는 무척 예민했다. 옳고 그름, 오직 두 가지 잣대로만 세상을 바라보는 뾰족하게 모가 난 활동가였는데 그런 나와 8년 넘게 우정을 유지한 건 모두 친구의 깊은 배려심 덕분이다.

아버지와 다시 만나기 위해 서른 명의 아버지를 인터뷰하겠다는 나의 계획을 듣고 친구는 흔쾌히 도와주었다. 그녀가 섭외해 준 사람은 바로 자신의 아버지, 그의 닉네임은 '기돌이'였다. 기돌이와의 대화는 나의 인터뷰 중 유일하게 딸과 아버지가 함께 한 시간이기도 했다.

기돌이는 큰딸과 작은아들을 둔 두 아이의 아버지이며 동시에 아버지와의 기억이 흐릿한 누군가의 아들이었다. 겪어보지 못한 아버지의 역할을 해낸다는 건 쉽지 않은 일일 것이다. 최선을 다해도 제대로 했는지 되돌아볼 기준은 모호하기만 하다. 아들로서 충분해 본 경험이 없기에 무엇이 아이들에게 충분할지 쉽게 그려지지 않는 것이다. 기돌이도 그랬다.

내가 태어나던 해에 아버지가 돌아가셨으니까 저는 아버지에 대해 잘 몰라요. 내가 아버지로서 어떻게 해야 하는가 늘 고민이죠. 아버지를 겪어보지 못했잖아요. 내겐 엄마밖에 없었기 때문에, 내가 아버지로서 잘하고 있는 건지, 그냥 직장 다녀와서 돈 벌어서 학교 보내주고, 밥 먹여주고 이렇게만 해주면 되는 건지 잘 모르겠어요.

그저 평범한 아버지 역할만 하는 것 같아 걱정이라는 말에 친구는 평범한 게 얼마나 힘든 건지 아냐며 풀이 죽은 아버지를 응원했다. 조금 더 많은 대화를 나누며 기돌이의 청년 시절 이야기를 들었다. 청년 시절 '출가'를 꿈꿨던 그는 세상과는 조금 다른 관점으로 자신의 삶을 관조하고 있었다. 삶의 목적도, 과정도 돈과 성공이라는 흔한 지상과제와는 거리가 있었다. 많은 이야기가 흥미로웠지만, 그중에서도 누군가의 아버지가 되고 난 이후

에야, 아버지를 경험하지 못했다는 상실감을 크게 느꼈다는 부분이 좋았다. 그 감정은 오롯이 아이에게 더 잘해주고 싶다는 이유에서 시작했기에 담백하면서 따뜻했다.

어릴 때는 많이 느끼진 못했고, 오히려 내가 결혼을 해서 애들이 생겼을 때. 그땐 참 외롭더라고요. 아들이 사춘기를 겪을 때 내가 어떤 역할을 해야 하는지 물어볼 사람이 없잖아요, 참고할 아버지의 경험도 없고요. 돌아보니 아들은 그 당시 아빠가 필요했었는데 나는 전혀 아빠 역할을 못 해준 거 같아요. 그때가 많이 후회되죠. 아버지 역할을 해주었어야 하는데 어렵더라고요. 이럴 때는 아버지가 딸에게 어떻게 해줘야 하는지, 물어볼 만한 나와 닮은 사람이 없다는 점이 참 그랬죠.

친구는 곁에서 기돌이의 답을 묵묵히 듣고만 있었다. 그녀가 아버지와 평소 어떤 말을 하는지 알지 못했지만, 표정을 보니 나름의 고민과 생각이 더해진 듯하다. 딸로서 또 첫째로서 아버지에게 쉽게 묻지 못하는 질문이 무엇이 있을까 고민했다. 나의 답을 통해 간접적으로 아버지의 내면을 들을 수 있는 질문이 무엇일지 고민하며, 나는 기돌이에게 아버지로서 결혼에 대한 관점이 무엇인지 물어보았다.

전 그렇게 강요하고 싶진 않아요. 또 요즘은 워낙 이혼율이 높으니까요. 그래서 전 유럽식으로 동거부터 먼저 해보고 결혼하는 것도 맞다고 생각해요. 다만 확실히 주관을 가지고. 우리나라는 아직 법적으로나 사회적으로나 전혀 지원이 안 돼서 힘들겠지만, 우리도 차츰차츰 그렇게 돼야 할 거 같아요. 괜히 결혼하고 신혼집 차렸다가 실상이 다르면 어떡해요. 연애 생활하고 결혼하고는 또 다르잖아요.

기돌이는 책임감의 범위를 유연히 설정했다. 내가 출가도 하고, 고민하고 헤매며 삶을 감당했던 것처럼 딸아이는 딸아이대로 자신이 감당할 삶이 있다 했다. 세상의 잣대로 문제를 정의하지 않고 아이의 관점에서 어떤 삶이 좋을지 바라볼 수 있는 시선. 기돌이가 느꼈던 '아버지의 부재'는 어느새 아이의 의견을 먼저 들을 수 있는 여유로운 공간이 되었다. 아버지는 '답'을 주는 존재가 아니다. 오히려 아버지는 자녀의 고민을 들어줄 수 있는 여유로운 빈틈을 지닌 존재여야 한다.

그는 그렇게 아이들과 함께 아버지가 되어가고 있

었다. 힘들어야 책임을 다하는 것도 아니고 버거워야 해내고 있는 것도 아니다. 기돌이를 보며 아버지라서 당연하게 부여된 역할을 지워내는 것이 중요하다는 걸 깨달았다.

꼭 채워진 사람보다 조금의 부족함이 있는 사람이 옆 사람을 자유롭게 한다. 자녀와 아버지가 함께 참여했던 유일한 인터뷰가 끝났다. 둘은 생소한 대화를 마치고 한결 온유한 표정으로 서로를 바라보았다. 나도 두 사람의 눈빛을 닮아 나의 아버지를 바라보고 싶다.

아버지의 얼굴은 하나가 아니에요. 수많은 얼굴이 있어요
with 돌팔이

친구의 초대로 찾게 된 작은 스터디 모임. 그곳에서 처음 돌팔이를 만났다. 돌팔이는 겸손한 사람이었다. 모든 문장을 신중히 내뱉었고, 꺼낸 질문에 가장 적절한 답을 찾기 위해 고민에 고민을 거듭하며 말하는 사람이었다. 세 살배기 아들의 아버지인 돌팔이에게 나는 먼저 가장으로서의 삶이 어떤지를 물었다.

제가 지금 마흔이 넘었지만, 여전히 전적인 제힘만으로 가족을 먹이지 못하고 부모님의 도움을 받는 게 있어요. 그런 의미에서 본다면 저는 전통적인 가장의 역할을 하진 못한다고 이야기할 수 있겠죠. 하지만 지금의 '가장'이라는 단어는 너무 자로 잰 듯이 어떤 모양이 정해져 있잖아요. 그래서 그 모양에 잘 들어맞지 않으면 자신도 자책하게 되기도 하고요. 사람들은 쳐다보면서 '왜 저 사람은 가장이고 아버지인데 저렇게 살지'라는 말도 하겠죠.

그런데 저는 그게, 개인에겐 또 다른 억압인 것 같아요. 가장이라는 역할도 가족 내 관계에서 항상 변할 수 있는 게 아닐까 해요. 서로 협의해서 조정할 수 있는 일이면서, 분담할 수도 있는 일이고요.

아버지란 단어에 꺼내지는 감정은 대체로 비슷했다. 모두가 당연하다는 듯 아버지란 이름 앞에 공통으로 그리는 모습이 있었고, 아버지들 역시 그것이 나의 모습인 양 충실히 이행하기 때문이다. 생김새는 모두 다르지만, 아버지를 향한 우리 모두의 기억이 비슷한 이유다. 인터뷰를 거듭하다 문득 이런 생각이 들었다. 아버지란 이유로 자신의 개성을 포기하고, 부여받은 역할에 충실하기 바라는 것은 과연 옳은 일일까. 한 존재가 완전히 아버지로만 존재하길 바라는 건 과연 옳은 일일까.

아버지의 역할을 대신할 수 있는 단어가 가장인 것 같은데. 저는 그 단어를 썩 좋아하진 않아요. 아버지의 역할이거나 가장으로 해야 할 역할에는 가정의 경제생활을 전적으로 책임지고 또 어떤 중요한 의사결정을 하는 사람이라는 그런 의미가 들어 있잖아요.
아버지의 역할을 '이러이러한 것이다'라고 규정하지 않았으면 좋겠어요. 사람마다 감당할 수 있는 부분이 다르기도 하고 좋아하고 잘

할 수 있는 부분이 다르기도 한데, 우리의 아버지 역할은 너무 딱딱 규정되어 있잖아요.

아버지와 가장 많이 연결되는 개념은 돈이다. 우리 사회는 남성이 더 많은 돈을 벌 수 있는 구조다. 그래서 돈을 버는 책임은 아버지에게 집중되어 있고, 돈을 벌지 못하는 남성은 아버지에서 탈락한다. 아버지란 역할에 부여된 책임은 사회에서 획득해오는 0과 콤마의 숫자로 증명한다. 책임이 곧 역할의 전부가 된 상황. 아버지란 존재감과 존경은 링 위에서 펼쳐지는 피 튀기는 혈투에 참여해야 겨우 지켜낼 수 있다. 기능적 존재가 된 '아버지'란 역할 앞에서 그들의 자존감은 한 사람의 철학도, 관용도 아닌 매월 가져오는 돈으로만 유지된다.

늘 아버지가 될 수 없다고 생각했다. 능력이 없으면 부모가 되지 않는 것이 바르다고 생각했다. 누군가에게 기대지 않고, 자신이 스스로 자신의 삶을 이뤄나가는 '힘'이 내겐 없다고 생각했다. 그런데 돌팔이는 아버지는 '되는' 존재가 아니라 '이르는' 존재라는 말과 함께 아버지는 스펙을 갖춰 통과하는 시험이 아니라고 말했다.

나는 아버지가 된다는 문장보다 이르렀다는 표현이

더 좋았다. 누군가를 존중할 수 있는 품, 누군가와 함께 살아가겠다는 의지가 무르익을 때, 자연스레 이르는 존재가 아버지라는 의미가 담겨 있어 좋았다.

저처럼 아버지를 고민하는 분들이 많을 거예요. 그들에게 말해주고 싶어요. 세상이 정한 아버지란 틀과 의무에 우리 너무 얽매이지 말자고요. 아버지란 어떻게 노력해서 도달하는 곳이 아니라, 나와 아이의 존재만으로도 그저 충분한 관계라고 생각해요. 아버지가 되어봐요. 마이웨이- 각자에게 맞게.

주고받는 대화를 통해 아버지란 존재에 대해 조금씩, 객관적으로 다가간다. 돌팔이의 고백을 들으며 그렇다면 나는 가장이 아닌 개인으로서 아버지를 바라본 적이 있나 생각해보았다. 나 역시 기능으로만 아버지를 평가했던 것은 아닐까. 그 잣대가 과연 타당했을까. 가장으로서는 적합하지 않아도 분명 아버지에게도 개인으로의 삶과 의미가 있을 것이다.

어쩌면 타인으로서 아버지의 삶을 바라볼 수 있을 때, 그의 삶을 있는 그대로 존중할 수 있을 때 나와 아버지의 진정한 다음 관계가 시작될 것이다.

돌아보니 아버지와 아무것도 하지 않은 게 아쉽더라고요

with 이백삼십

"무슨 말을 해서 후회되는 게 아니라 대화가 없었다는 게 후회되죠."

멋들어진 수염을 가진, 영화를 무척 좋아해 작은 소극장을 지키며 하루하루 살아가는 이백삼십. 일터로 출근할 때마다 1층 영화관에 앉아있는 그와 마주쳤다. 나는 그가 목마 탄 다섯 살배기 아들과 함께 영화관 앞 풀밭을 이리저리 서성이는 모습을 자주 보았다. 아이는 까르르 웃으며 행복해했고, 짓궂은 장난을 치며 신나게 풀밭을 뛰어가는 아버지 이백삼십의 뒷모습을 보았다.

마치 영화 〈시네마천국〉의 토토, 알프레도와 같은 모습이었다. 행복해 보이는 저 두 사람의 순간을 듣고 싶어 얼른 업무를 마무리하고 그에게 찾아가 커피와 질문을 건넸다.

외모가 많이 닮은 것 같고요. 성격도 닮았고요. 볼 때마다 재밌고 그래요. 정말로 한 아이를 키워보니까 너무 힘든 부분이 많아요. 앞으로의 미래가 너무 걱정되기도 하고요. 그런데 어찌 되었든 이 세상에 내가 태어나서, 살았다는 증거가 아이로서 존재하니까. 내가 살아있다는 증거가 자라나는 모습을 보는 게 좋아요.

아이와 함께 하는 일상이 행복하지만, 동시에 불안하다는 이백삼십은 인터뷰 내내 짙은 행복과 깊은 고민을 함께 꺼내 놓았다. 아버지로 살기 위해선 많은 조건을 갖추어야 한다. 단지 유전적-생물학적 의미만으로 아버지라 칭하기엔 해주고 싶은 것도, 해내야 하는 것도 너무 많기만 하다.

수도권이 아닌 지역, 그리고 지역에서도 어느 원도심에 있는 작은 극장. 하고 싶은 일이고, 잘 할 수 있는 일이지만, 이백삼십에게도 영화로 먹고사는 일은 만만치 않았다. 그는 물가보다 빨리 오르는 것이 아이들의 '바람'이라 했다. 친구가 생기며 비교를 시작하고 먹고 싶은 것도, 가고 싶은 곳도, 갖고 싶은 것도 점점 많아진다. 바람이 거셀 때 함께 날아오르면 좋으련만 일상은 무겁기만 하다. 아이들의 바람이 거세질수록 움직이지 않는 현실 사이에선 점점 뜨거운 마찰열이 생긴다.

열에 타버리는 건 다름 아닌 부부 관계였다. 아이의 바람을 이루기 위해 서로에게 능력을 요구하고, 책임감을 기대한다. 사랑으로 모든 것을 감내하는 건 부부관계뿐이다. 두 사람의 사랑으로 탄생한 아이지만, 아이에게까지 사랑으로 모든 상황을 감내하길 기대할 순 없다.

아버지로서 고민이 있다면요?

항상 금전적인 고민? 경제적인 고민인 것 같아요. 언제나 고민이죠. 아이는 계속 자랄 거고. 시간에 비례해서 부담은 점점 커질 거고요. 요즘 자다가도 벌떡 일어나요. 부담 때문에. 내년이면 필요한 돈이 더 커질 거고, 십 년 뒤엔 더 할 것이기 때문에 깜짝 놀라면서 깨죠. 잠을 못 잘 정도로. 아이는 좋은 직업 가져서 이런 일차원적인 고민 없이 살았으면 좋겠어요. 내가 지금 아이에게 해줄 수 있는 게 많이 없으니까요. 어쨌든 앞으로의 세상을 편안하게 사려면 그래야 하니까요.

일찍 철이 든 아이의 세계는 너무 빨리 무거워진다. 마냥 행복하게만 보였던 이백삼십과 아들의 일상엔 서툴고 위태로운 하루가 담겨있다. 이백삼십이 돈을 벌어내야 하는 아버지의 역할에서 조금은 자유로워지길 바랐다. 누군가를 보호하고 지켜내야 한다는 명제에서 잠시 벗어나 편히 쉴 수 있다면, 더욱 따뜻한 감정과 여린 모습으로 이백삼십이 말한 '아이와 평생 함께하는 친구 같은 아버지'란 꿈을 이룰 수 있을 테니까.

하루하루가 위기라는 생각이 들어요. 저렇게 살까 싶었던 드라마에서만 보던 일들이 제 삶에서 벌어지고 있으니까요. 금전적인 걸로 부부가 싸우는 일이 많아요. 내가 많이 해줄 수 없어 트러블이 생기고, 또 많이 미안하고. 어쨌든 아이 때문에 서로가 이 끈을 놓지 않고 살아가니까요. 만약 이 아이가 없다면 사실은 우리 둘, 이미 남이 되었을 거란 생각이 들어요. 지금도 일주일에 서너 번밖에 안 보니까요. 아이 덕분에 가정이 유지된다는 생각이 들죠.

아이가 아버지를 필요로 하는 것처럼 아버지도 아이를 필요로 한다. 아들은 내가 살아있다는 증거인 동시에 아내와 내가 서로 사랑했던 시간의 증명이다. 아들로 가정이 유지된다는 말에 문득 이백삼십이 아들이었을 때의 모습이 궁금해졌다. 그와 아버지의 관계는 어땠을까. 아버지로의 하루를 고민하는 이백삼십의 아버지는 어떤 분이었을까.

아버지와 긴 대화를 해본 적이 없어요. 무슨 말을 해서 후회되는 게 아니라 대화가 없었다는 게 후회되죠. 아버지가 돌아가실 때까지 했던 대화를 그냥 쭉 적어도 원고지 3장이 안 될 것 같아요. "네. 아니오." 이런 이야기만 해서요. 후회되는 말은 없는데, 오히려 얘기를 안 한 게 후회가 되네요.

내가 우리 아버지에게 꿈꿨던 모습처럼 그냥 지금 내 아이와는 친구처럼 잘 지내면 좋겠어요. 미래의 내가. 스스로 철이 덜 들었다고 생각하기 때문에 아이와 함께 철들었으면 좋겠고 그때 친하게 지내는 모습을 본다면 너무 행복할 거 같아요.

아버지와 부족했던 대화가 아들과의 강한 연결로 이어지는 것처럼 때때로 결핍에서 새로운 용기가 나오기도 한다. 영화를 좋아하는 이백삼십이었기에 아버지와 관련된 영화 한 편을 소개해달라고 부탁했다. 그는 이 영화를 보고 나면 조금은 나와 아버지를 구분하기 쉬워질 거라는 말과 함께 마지막으로 영화 〈그렇게 아버지가 된다〉를 추천해주었다. 타인의 눈물이 보이지 않는 건 슬프지 않아서가 아니라 슬플 수 없는 상황 때문이라는 말과 함께.

나에게 닮음은 벗어날 수 없는, 불가항력인 고민과 같았다. 닮음은 구속과 슬픔 그 어디쯤 위치한 불쾌한 운명일 뿐이었으니까. 하지만 그에게 닮음은 아들과 자신의 유일하고도 강력한 연결고리였다. 이백삼십은 아버지와 아들을 엮어내는 단어로 '닮음'을 말하며 아들과 내가 닮은 점이 많다며 기뻐했다.

　나는 여러 상황 속에서도 아버지로서의 삶을 기쁘게 살아가는 그가 신기했다. 아버지와 부족했던 대화가 이백삼십을 다른 방향으로 달려가게 만든 것처럼, 그렇다면 나도 부족한 점을 정확히 발견한다면 다른 방향으로 기쁘게 달려갈 수 있을까.

ⓒ <그렇게 아버지가 된다>

우린 이렇게 아버지가 된다

with 점박이

"다 같이 모여 사는 가족이요. 다른 것 없이 평범하지만 모여서 행복한. 주말연속극에 나오는 그런 가족이요."

평범함은 어렵다. 얼핏 최솟값인 것처럼 인식되는 '평범'이지만, 하나하나 뜯어보면 주위의 좋은 것과 안정된 것의 집합체이기도 하다. 타인과 나의 삶을 비교하는 기준 혹은 나의 하루를 평가하게 하는 지표이기도 하기에 평범함을 쫓는 건 언제나 어려운 일이다.

멋진 직장인의 삶을 살아가는 점박이에게도 보이지 않는 어둠, 그리움이 있었다. 점박이의 아버지는 대양을 누비는 거대한 상선 속 선원. 배는 머무는 존재가 아니기에, 육지에 머무는 시간은 늘 짧기만 했다. 점박이가 아버지를 만날 수 있는 시간은 대륙을 건너온 물건을 내리고 물을 채워 다시 떠나기 전까지의 짧은 정박 기간뿐.

점박이의 아버지도 머무는 존재가 아니었다. 배와 함께 떠나는 아버지의 삶, 아버지와 함께하지 못했던 지난 시간은 점박이로 하여금 새로운 가족에 대한 강한 연결로 이어지게 했다. '같이 살고, 같이 있어야겠다', 점박이가 간직한 오랜 꿈이다.

> 아버지의 역할은 돈 벌고, 가정을 책임지고 내 아이와 아내를 위해 어떻게든 열심히 일하는 것도 맞죠. 그것도 맞는데 저는 순간순간에 지켜주는 그런 아버지가 되어주고 싶어요. 내 아들에게요. 올바른 방향으로 갈 수 있도록 지켜주면서요.

5개월 된 귀여운 아들의 사진을 보여주는 점박이는 매 순간 아이와 연결되는 아버지를 꿈꿨다. 열심히 일하는 것만으로는 채워지지 않는 삶의 의미, 가족과 함께 하는 순간이 주는 충만함을 이미 알았던 점박이지만 그는 멀리서 보는 내가 숨이 가쁠 정도로 무척 바빴다. 더 나은 사회를 만들기 위해 잠을 줄였고, 매 순간 모든 곳에 그가 있었다.

단지 돈을 벌기 위해 애쓰는 느낌은 아니었다. 내게 느껴지는 그의 동기는 내가 사는 세상보다 아이가 앞으로 살아갈 세상이 더 나아지기를 바라는 마음이었다. 아이를 지키기 위해 업무에 집중하지만, 그만큼 아이가 통과하는 시간과 함께할 수 없는 아이러니. 그는 이제 아빠의 다음 역할이 '앞서 포기하는 것'에 있다고 말했다.

내가 해왔던 것들을 조금씩 줄이고, 조금씩 포기하고. 아이가 자라면서 우리가 포기해야 하는 것들 역시 조금씩 늘어나겠죠. 어떻게 보면 아빠의 역할은 '포기하는 것'이라고도 할 수 있겠네요. 남편의 역할에서도 마찬가지인 것 같아요. 결혼하면서도 포기해야 하는 게 너무 많이 생겼으니까. 그렇게 포기하면서 가족도 가정도 지켜야 하는 거겠죠.

그는 지키기 위해 포기가 필요하다고 말했다. 언제나 마찬가지다. 새로운 걸 쥐기 위해 필요한 건 내려놓음이다. 손에 쥐고 있는 걸 먼저 내려놓아야 다른 무언갈 쥘 수 있다. 나를 위한 것들을 포기할 때 가족을 위한 안정을 쥘 수 있다는 말. 그가 말하는 포기는 내가 지금까지 들어온 단어와 힘이 달랐다.

당신의 삶에 당신이 아닌 내가 가득 차 있다는 사실이 전해질 때 더할 나위 없는 감동과 사랑이 시작될 것이다. 아버지를 그리워했던 점박이는 이제 누군가의 아버지가 되고 나서야 아버지가 포기했던 것들을 떠올릴 수 있었다.

> 아버지에게 많이 강요했던 거 같아요. 자식을 위해, 가족을 위해 희생하라고요. 그때 아버지가 했던 말이 기억나요. '아들아, 그럼 내 행복은?'
> 찡하더라고요. 평생을 그렇게 가족을 위해서 사셨을 건데. 고생하며 외롭게 살았을 건데. 누구 하나 인정 안 해줬을 거고, 커서야 아는 거죠. 나도 이제 아버지가 돼보니까 그래요.

모두가 서로를 위해 행동하지만 외로운 세상이다. 흔들리는 배를 밟으며 바다를 헤매던 아버지도 외로웠을 것이다. 나의 포기에서 '아버지의 포기'로의 자연스러운 전환을 보며 어린 날의 상처를 상실로 끝내지 않고, 어떻게든 사랑으로 이어가는 점박이가 신기했다.

점박이는 나와 많은 면에서 달랐다. 지향도 영역도 달랐지만, 점박이는 분명 다른 관점을 가진 사람의 이야기도 귀 기울여 들으려 애쓰는 사람이었다. 매번 자기의 의견보다 다른 사람의 의견을 먼저 꺼내 듣던 사람이었다. 오늘만큼은 오롯이 그의 이야기를 듣고 싶었다.

나중에 시간이 지나서 아들과 함께하고 싶은 게 있나요?

내가 어릴 때 아빠랑 하고 싶던 것들요. 시간이 허락하고 가능하다면 야외활동을 하고 싶어요. 애들이랑 축구하고 캐치볼하고. 저는 다른 친구들 보며 그런 게 부러웠던 것 같아요.

그리고 소주 먹고 싶어요. 아이하고. 아이고- 얘 언제 키워서 같이 소주 한 잔 먹을까 싶네요.

그동안 기꺼이 버거움을 택했던 그였기에, 사랑하는 이가 바라는 내일을 위해 오늘의 나를 내려놓을 줄 아는 그였기에 누구보다도 큰 기쁨을 보상으로 얻길 기도한다. 그가 마지막에 말한 바람만큼은 꼭 포기하지 않길 바랐다.

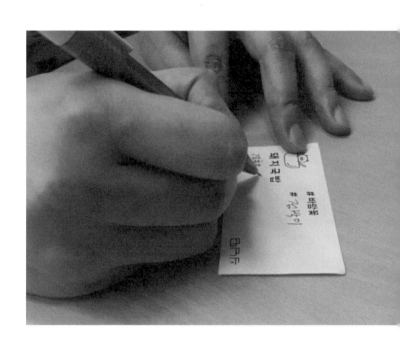

아버지의 역할은 단 하나, 꾸준히 살아가는 것

with 형

"이 험난한 시대에 아버지의 역할은 하나입니다. '살아가는 것'입니다. 절대 포기하지 않고 살아가는 것 말입니다."

웬만해선 음식을 가리지 않는 편이다. 특별한 알레르기도 없어 땅콩이든 게든 거침없이 먹어대지만 딱 하나, 아이스크림 '바밤바'만은 아직도 먹질 못한다. 어릴적 바밤바 아이스크림을 급하게 먹다 목에 걸려 아침에 먹은 걸 한참 게워낸 기억이 있기 때문이다. 그래서 지금도 바밤바만 보면 괜히 속이 메스껍고 울렁거린다. 개에물려본 사람은 작은 강아지만 봐도 식은땀이 나지 않나. 무엇이든 얽힌 기억이 좋지 않다면 짧은 마주침도 불편해지는 법이다.

고등학교 때 일이다. 허리 굽혀 인사하지 않았다며 유난히 날 괴롭히던 이가 있었다. 그가 어찌나 내게 '선배'를 강요하던지 이후 짧은 대학 생활에서도 끝까지 입에 붙지 않던 단어가 선배다. 급히 먹다 게워내 아직까지 꺼리는 아이스크림처럼 아직 소화하지 못한 단어가, 메스꺼움이 소환되고 지난 괴롭힘이 떠오르는 단어가 선배인 것이다.

내가 생각하는 선배는 나의 고민을 앞서 하고, 오늘의 같은 어려움을 마주하는 사람이었지만, 짧은 삶에서 마주쳤던 선배들은 모두 대접과 인정, 굴복을 바랐다. 그들에게 선배와 후배는 완벽한 위계였다. 그렇게 선배란 존재를 믿지 않고 지내다 흰머리에 주름이 깊은 아버지 '형'을 만났다.

'형'은 다양한 사회 현장의 모습을 담는 사진사였다. 노란 리본이 가득한 세월호 팽목항에서도, 할머니들의 눈물이 가득한 송전탑 밀양에서도, 경남이 아닌 다른 지역의 거리 현장에서도 그의 렌즈는 세상 곳곳의 주름을 담아냈다. 생계와 가족을 위한 본업은 꾸준히 이어가면서도 자신이 생각하는 역할, 사회 속 자신의 책임을 다하기 위해 그는 매일 카메라를 매었다.

우리들의 삶은 개별화되어 있지 않습니다. 모두 유기적으로 연결되어 있지요. 내 부모 세대와 우리 세대 그리고 내 아들의 세대 또한 서로 연결되어 있습니다. 결코 분리될 수가 없지요. 자식 세대였던 우리가 부모 세대가 되었고, 자식 세대인 이들이 곧 또 다른 누군가의 부모 세대가 될 테니까요.

이 연결성에 주목해야 합니다. 우리 존엄에 대한 문제, 결국 우리가 자신을 어떻게 대하냐의 문제까지 이어질 테니까요.

'형'은 유기적인 삶을 강조했다. 그는 순환의 개념으로 아들을 대했다. 권위적인 아버지와 순종적인 아들. 위계로 형성된 관계가 아닌 언제든 아들이 아버지가 될 수 있고 아버지도 줄곧 누군가의 아들이었듯 역할과 삶은 서로 연결되어 있다고 말했다. 후배가 선배가 되고, 다시 선배가 누군가의 후배가 되는 것처럼 말이다.

내가 바랐던 아버지의 모습이 있다. 생물학적 영향력을 넘어 아들과 같은 사회를 공유하는 아버지, 나의 길을 앞서 걸어가며 삶의 방향을 공유해줄 수 있는 아버지. 아들과 같은 꿈을 꾸는 선배 같은 아버지다. 가장 고민 많은 단어이면서 가지고 싶은 단어였던 '아버지'와 '선배'의 결합이 '형'에게 있었다.

저는 자식 세대에게 특별하게 바라는 것이 없습니다. 그들도 우리가 그랬던 것처럼 스스로 자신의 삶을 잘 꾸려가리라 믿으니까요. 저는 언제나 '자신이 하고 싶은 것을 하고, 그것을 즐겨라'라고 말했지만, 현실적으로 그것이 가장 무섭고 어려운 일이라는 것도 잘 알고 있습니다.

특히 지금의 젊은 세대들에겐 한국의 이 현실이 너무 가혹할 테니까요. 이 험난한 시대에는 그저 '살아가는 것'이 필요합니다. 아버지가 해야 할 가장 중요한 일은 무엇보다도 묵묵히 뚜벅뚜벅 살아가는 것, 그뿐입니다. 절대 삶을 포기하지 않고 살아가는 것 말입니다. 우리는 자식 세대에게 그런 모습을 보여줘야 합니다.

'형'은 자식 세대의 삶을 바라보며 따뜻한 문장과 응원을 전했다. 우리 시대엔 그저 살아가는 것이 가장 중요하다고 말이다. 우리의 삶은 서로 분절되어 있지 않고 연결되어있다. 그렇기에 살아가는 것이 중요하다. 나의 삶과 너의 삶은 떨어져 있지 않다.

그래서였을까. 그는 사회 속 곳곳의 살아감이 끝나지 않길 바라며 그들의 목소리와 울음을 담아냈다. 나는 분노하지 않음은 모두 노쇠하고 낡아버린 것이라 여겼다. 하지만 그는 나보다 뜨거운 사람이었고, 여전히 뜨거운 사람이었다. 사회 곳곳의 투쟁 현장에서, 드러나지 않는 생명의 곁에서 그는 소리쳤고 함께 울었다. 그는 아들에게 전할 마음이 있다며 한참을 고민하다 말했다.

아버지 역할을 해줬어야 하는데, 저도 아버지를 경험해보지 못했으니까 아주 어렵더라고요. 그래도 아들에게 말하고 싶은 것은 있어요. 제가 처음 실직을 당했을 때. 그날의 경험이죠. 그땐 어리숙하게 제가 그냥 받아들였지만, 아들에겐 말하고 싶습니다.
싸울 때는 포기하지 말고 끝까지 싸우라고.

구태여 많은 말을 하지 않은 '형'이지만, 문장의 뒤에는 이런 메시지가 숨어있을 것이다. 끝까지 싸우라고. 내가 너의 뒤에 있겠다고. 내가 너와 함께 하겠다고.

나는 아버지와 다를 거예요

with 벅시

그는 인터뷰를 앞두고 걸출한 사업가의 이름을 빗대 '벅시'라는 닉네임을 지었다. '벅시 시걸', 허허벌판이던 사막 위로 꿈의 도시 '라스베이거스'를 세운 인물이다. 벅시는 닉네임처럼 모두가 인정하는 화려한 삶을 살고 싶어 했다. 누구보다 강렬히 성공에 몰입했고, 위험을 피하지 않았다.

하지만 가족은 하나의 줄에 묶인 것과 같다. 행복에 의한 진동도, 고통에 의한 진동도 모두 줄에 묶인 구성원에게 전달된다. 내가 몰입한 '성공'에 모든 가족이 빨려가고, 내가 피하지 않은 위험에 모든 구성원이 노출된다. 내가 시작한 일이지만, 혼자서 감당할 수 없다. 하나의 줄로 묶여 있는 가족 공동체의 무서움이 바로 여기에 있다. 의지와 상관없이 모두가 모두에게 영향을 받기 때문이다.

늘 어려웠던 건 결국 '가정의 유지'죠. 부끄러운 이야기지만 사실 가정의 위기는 늘 내가 불러왔어요. 사업 실패를 수없이 많이 했거든요. 그래서 아내가 굉장히 힘들어했어요. 아내는 굳이 나와 결혼하지 않으면 안 해도 됐을 경험을 한 거잖아요. 우리 딸도요. 그 아픈 경험을 모두 내가 만들어냈거든요. 결혼 관계를 유지하는 건 아직도 힘들어요.

벅시의 말을 듣고 아버지의 무책임함으로 인해 겪어내야 했던 지난 고통이 생생히 떠올랐다. 통과한 고통을 다시는 반복하고 싶지 않았기에, 아버지의 오류마저 그대로 닮을 수 없기에 나는 늘 아버지와 달라지려 노력했다. 내뱉은 모든 말은 꼭 지키려 애썼고, 혹시 지키지 못할 것이 무서워 말하지 않았다.

나는 왜 닮음을 그대로 받아들인 채 살아갈 수 없을까. 나는 왜 아버지와 다르기 위해 노력해야만 할까. 그의 이야기를 듣고 감정적으로 변한 나를 보고 벅시는 웃으며 자신의 이야기를 하나씩 더 들려주었다. 그도 나처럼 아버지에 대한 미움과 아쉬움, 상실의 기억, 여린 사랑이 뒤섞인 아들이었다. 묵묵히 두서없는 고민을 이해해주는 벅시에게 그동안 꺼내지 못했던 불안을 털어본다.

벅시, 나는 과연 아버지와 다를 수 있을까요?

아버지란 하나의 공통된 역할을 두고 굳이 나와 아버지를 비교할 필요는 없어요. 그냥 그대로 해야 하는 것들을 하나씩 차근차근히 해내면 되는 거예요. 가령 가족은 원래 사랑해야 하는 거예요. 사랑받기보다 사랑을 주는 방식으로요.

아버지와 다르기 위해 열심히 하는 게 아니라 내 일이니까 최선을 다하는 거죠. 내뱉은 말에도 원래 책임을 다하는 거고요. 누구와 다르게 살려고 할 필요가 없어요. 그저 원래 그래야 할 일들을 열심히, 자신의 삶을 아주 성실히 살아가면 돼요. 그럼 달라지겠죠. 이건 굉장히 어려운 일이니까요.

아버지와 다를 자신이 없어서, 아버지가 될 자신이 없어요.

네. 그럴 수 있죠. 혼자라도 괜찮아요. 꼭 가족이 아니라도 사회적 가족을 만나면 되죠. 내가 힘들 때 연락할 수 있는 사람들. 혈연관계가 아니더라도 사회적으로 연결된 사람들 말이에요. 마음 맞는 사람들이 있다면 충분히 괜찮겠죠. 그런데 만약 어쩔 수 없이 떠밀리듯 선택한 거라면 안타까울 거 같아요. 지금 현 상황이요. 아버지에 대한 마음과 미래에 대한 불안함 때문에 포기하는 거라면 안타까울 거 같아요.

힘겹게 감춰둔 마음을 꺼내자 쌓아두었던 슬픔이 한 번에 쏟아졌다. 내가 설정한 '좋은 아버지'는 완벽히 내 아버지와 반대의 모습이다. 아버지가 했던 일을 하지 않고, 그가 하지 않았던 일들을 해내는 것. 이 단순한 반전이 내가 상상할 수 있는 좋은 아버지의 모습이다. 벅시도 나와 같았다. 그 역시 경험하지 못한 아버지의 뼈대를 직접 그려내야 했다. 약속을 지키는 사람, 정직하게 살아가는 사람, 뛰어난 능력은 없어도 자신이 할 수 있는 노력을 다하는 사람. 벅시와 내가 그린 아버지의 모습은 닮아있다.

결혼할 때 어머니께서 말씀하셨어요. '네가 아버지 없이 커서 아버지 역할을 잘 해낼지 모르겠다', 그 당시엔 무슨 뜻인지 몰랐어요. 나중에 아버지가 되어보니 알겠더라고요. 아버지가 집에서 어떻게 하셨는지 모르니까 제가 집에서 뭘 해야 할지 모르겠더라고요.

심지어 이젠 제가 아버지와 닮았는지도 모르겠어요. 그래도 어머니가 제게 주신 '아버지는 이래야 한다는 모습'하고는 많이 닮아있는 것 같아요. 책임의 모습만큼은 제가 갖고 있다고 봐요. 그런데 그걸 아버지가 갖고 계셨는지는 모르겠네요.

벅시는 가족을 흔드는 줄을 되잡기 위해 더 많은 책임감으로 무거워지는 걸 택했다. 책임감을 지닐수록 아버지는 무거워졌고 무거워질수록 줄의 흔들림은 줄어들었다. 지난 실패를 기억하는 벅시는 앞으로 계속 나아갔다. 앞으로 나아갈 때만이 노력하는 뒷모습을 가족에게 보여줄 수 있기에 그는 날마다 돌아보지 않으려 애쓰고 있었다. 나의 모든 불안이 꺼내진 인터뷰가 끝나고 카페를 나서던 벅시는 뒤돌아 말했다.

옛말에 '모르는 게 약이다'라는 말이 있잖아요. 너무 고민하지 마세요. 어쩌면 모르고 아버지가 되는 게 더 편할지도 몰라요. 그리고 끝까지 잘 해낼 테고요. 저도 아버지란 자리를 끝까지 내려놓지 않을 거예요.

가족은 서로에게 계기와 이유가 되니까요

with 덴마크

"아빠와 가장 행복했던 기억이 무엇인지, 아빠가 제일 무서웠을 때가 언제였는지 물어보고 싶어요."

머리가 커서 덴마크라 불렸다는 그. 마침 인터뷰하는 날 아침, 아내와 산부인과를 다녀왔던 그는 내게 둘째가 생겼다는 기쁜 소식을 전해주었다. 아버지 인터뷰를 진행하는 날, 두 아이의 아버지가 되다니. 아버지로서 또 다른 길을 걸어갈 덴마크를 응원할 수 있어 기뻤다.

덴마크를 섭외한 건 함께 준비한 행사장에서의 모습 때문이었다. 미흡한 준비로 바쁘고, 정신없던 와중에도 칭얼대며 아빠를 찾는 딸에게 달려가 짓는 웃음이 너무 부드러웠다. 그간 봐왔던 아버지들과는 다른 느낌의 미소였다.

사실 저도 지금의 대출금을 생각해보면 둘째를 여유롭게 가질만한 상황은 아니긴 하죠. 경제적인 어려움도 분명히 있고요. 그런데 사람이 늘어나는 만큼 행복의 총량이 늘어나는 것 같아요. 사실 다들 두렵잖아요. 포기해야 하는 것도 많고요.

물론 모두의 상황은 다 다르겠지만, 아이와 함께하는 게 꼭 두려워할 만한 일은 아니라고 말하고 싶어요. 아이가 생기면 둘만의 관계에서 느낄 수 없던 감정들도 느껴져요. 완전히 또 다른 형태의 행복이랄까요.

나는 행복의 양을 키우기보다 어떻게든 당장의 작은 행복을 확실히 쟁취하길 원했다. 앞으로 내 행복의 양이 이보다 커질 것이란 기대도 크지 않았고, 머뭇거리다 당장의 작은 행복마저 잃었던 경험이 무수하기 때문이다. 잃지 않으려면 오늘 행복해야 했고, 당장 행복해야 했다.

덴마크와 대화하며 가장 부러웠던 건 인식이었다. 사랑의 늘어남과 사람의 늘어남을 긍정적으로 받아들이는 자신감에 찬 인식이 부러웠다. 두 아이의 아빠라는 이전과는 다른 2배의 책임감과 능력이 필요해졌지만, 덴마크는 두려움보다 본인이 맞이할 새로운 가정에 대한 설렘을 택했다. 내게 아버지는 누군가의 생존과 성장을 위해 완전히 소모되는 역할이었지만, 그에게 아버지는 아이를 통해 오히려 회복과 행복을 받는 사람이었기 때문이다.

웬만하면 저녁에 아이를 집에서 씻기는 건 제가 하려고 해요. 약속도 잘 안 잡고요. 저는 행복한 가정을 꾸리고, 서로 화목한 게 성공이라 생각해요. 어렸을 때부터 그랬어요. 어머니 아버지와 있으면 딱히 재미는 없지만, 관계 속에서 얻는 뭔가가 있어서 저는 가정을 되게 중요하게 생각해왔거든요.

가족과 가정은 다르다. 가족은 구성원들의 연결에 방점이 찍혀있지만, 가정은 관계가 이루어지는 공간에 조금 더 큰 의미가 담겨있다. 그래서 나도 이 책을 정리하며 되도록 '가족'이란 단어를 쓰지 않고, '가정'이라 표현하려 노력했다.

이 작고 섬세한 구분에 많은 의미가 담겨 있다. 연결보다 중요한 건 누구와 어떤 방식으로 관계 맺고 있는가다. 아버지가 되었기 때문에 행복해지는 게 아니라 그 안에서 아이와 함께 채워지는 시간과 공간이 있기에 비로소 행복할 수 있다.

우리 딸이 요즘 "아빠 힘내세요"를 부르고 다니는데요. 하루는 되게 힘든 날이었는데 차에서 흘러나오는 "아빠 힘내세요" 동요에 맞춰 노래를 불러주는 거예요. 그때 딸이 부른 노래가 많이 위로됐었어요. 요즘은 그 누구보다도 딸이 더 위로되는 거 같아요.

덴마크와의 인터뷰는 따뜻하고 웃음이 가득한 시간이었다. 이제 곧 그는 어머니와 가족들에게 둘째의 소식을 전할 것이고 많은 축하와 응원을 받을 것이다. 그리고 그는 잘 해낼 것이다. 그는 이 복잡한 생의 미로 속에서 출발지가 곧 도착지였음을, 가족에서 출발해 가정으로 도착하는 것임을, 떠날 곳 따위는 애초에 없었음을 이미 알고 있었다. 덴마크는 아버지의 다음 챕터를 시작하며 자신이 향해야 할 목적지가 어디인지 정확히 알고 있었다.

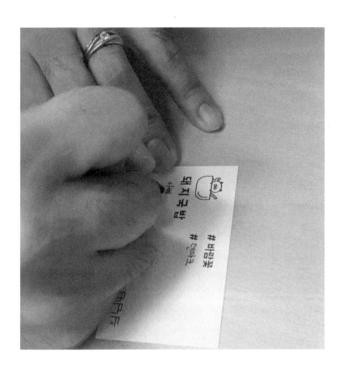

우리의 시대와 그들의 시대는 다를 거예요

with 별종

'제가 기침했을 때 그 기침 속에서 어느새 아버지의 기침 소리가 들릴 때. 그때 기분이 참 이상해요.'

별종과 만난 곳은 '청년'을 주제로 열린 한 시민단체의 강의에서다. 청년세대와 기성세대가 뒤섞인 자리였는데 두 시간 남짓한 시간 동안 청년을 향한 재단과 예단이 거침없이 쏟아지는 시간이었다. 완고한 그들의 논리에 조금씩 지쳐갈 쯤, 새로운 테이블에서 만난 별종은 그의 닉네임답게 독특한 시선을 보여주었다.

교육 영역에 종사하는 별종은 조금 천천히 이야기하자며 지금은 청년을 향한 판단의 시간이 아닐 것이라 말했다. 그들을 향한 분석보다 중요한 건, 보다 다양한 청년의 모습을 확인할 꾸준한 기회라며 우리가 무엇을 나눌 수 있을지부터 다시 말해보자고 제안했다. 세대 차이를 넘어 타인과 다른 감각으로 말하는 그가 궁금했다. 그가 말하는 '아버지'의 역할과 고백 역시 어떤 독특한 내용을 담고 있을지 듣고 싶었다.

과거와 달라졌다고 생각하지 않아요. 아마 지금 청년들도 누군가의 부모가 된다면 과거 우리의 부모님들이 말했던 것처럼 '내가 못 먹어도 우리 아이는 먹이겠다'고 할 거예요. 이건 사랑의 영역이니까요. 그저 지금은 청년들이 헌신적으로 일할 수 있는 곳이 없을 뿐이죠. 미래가 안정적으로 그려지지도 않고요.

또 과거보다 아이들에게 쏟아야 하는 돈이 한없이 커져 버리기도 했고요. 어려운 문제인 것 같아요. 청년들이 아이를 안 낳는 게 아니라, 점점 못 낳고 있는 것 같으니까요. 배경은 고민하지 않고 청년의 선택만 바라보는 게 아닐까 싶어요.

아버지는 시차를 두고 '반복되는 정체성'이다. 비슷한 감정과 상황을 30여 년이란 시차를 두고 아버지와 아이가 공유한다. 과거엔 아버지의 모든 경험이 유효했을 것이다. 아버지로서 마주한 세상과 아이가 마주한 세상이 다르지 않으니 반복되는 일상 속에 통과한 모든 시간이 지혜와 사례가 되었다.

하지만 지금은 모든 것이 너무 빠르게 변화하는 사회다. 모두가 접해본 적 없는 새로운 시대 위에선 아버지들의 앞선 경험이 그리 유효한 도구로 보이지 않는다. 흔히 아버지가 아이에게 전했던 삶의 지혜라는 것이 이젠 그다지 쓸모가 없어져 버리고 만 것이다.

'반전되는 정체성', 역할은 같아도 마주한 세계는 점점 달라질 것이다. 이제 세상을 살아가는 지혜는 아이들에게서 아버지로 전해진다. 무인메뉴판에서 음식을 주문하고 결제하는 방법을, 작은 스마트폰으로 주소를 입력하고 결제하는 방법을, QR코드로 방문 사실을 등록하는 방법을 전해 들어야 한다. 각자의 가정에서 드러나는 세계의 다름을 우리는 받아들일 수 있을까.

아버지가 되어야 아버지를 이해할 수 있느냐는 질문에 저는 어느 정도 공감해요. 제가 아버지가 되고 나니 앞으로 아이를 어떻게 대해야 할지, 개인적인 생각과 보이는 현실이 달라지더라고요. 그 폭은 내가 직접 아버지가 되었을 때 훨씬 더 커질 수 있다고 봐요.
이 부분은 분명 있는 거 같아요. 되어보지 않고서는 알 수 없는 부분들이 분명히 존재해요. 내가 아버지가 된다면 많은 말이 전해지지 못했음을, 많은 마음이 전해지지 않았음을 알게 되니까요.

별종은 되어보지 않고는 서로를 판단할 수 없다고 말했다. 그가 오늘의 청년세대를 말하며 그들의 일상을 직접 겪어보지 않으면 쉽게 판단할 수 없다고 말했듯 아버지란 역할 역시 되어보지 않고서는 알 수 없는 영역이다.

나이를 먹어가면서 점점 내게서 기억 속에 남아있던 아버지의 목소리가 나와요. 내 기억 속 아버지의 모습은 사십 대 오십 대의 모습이에요. 그 모습과 지금 나의 모습이 참 많이 닮았기도 하죠. 아이에게 말을 할 때도 '어 어디서 들었던 말인데' 하면 아버지가 내게 했던 말이고요. 조금씩 아버지를 닮아가면서 아버지를 이해하기 시작했어요.

타고난 성정 덕이겠지만 그는 기억 속 아버지와 오늘의 내 모습을 바라보며 이해하지 못했던 아버지의 메시지를 하나씩 되새김질했다. 그는 아버지가 되어서도 자신의 아버지를 판단하지 않고 관찰하는 것이다. 그는 어떤 것도 앞서 판단하지 않았다.

"다른 사람의 삶을 존중할 수 있는 건, 이해가 아니라 인정하기 때문인 것 같아요."

그동안의 난 '인정'이란 단어로 포기를 포장해왔다.

나와 다른 이를 쿨하게 '인정한다' 말하며 이해하는 걸 포기해왔던 것이다. 쉽게 인정하지도, 어렵게 이해하려 애쓰지도 않는 별종의 유연함은 내게 많은 고민을 남겼다. 나도 아버지와 닮아가면 그를 포기하지 않고 인정할 수 있을까. 앞서 판단하지 않은 채, 그의 선택을 인정하면 아버지 그 자체의 삶을 존중할 수 있을까.

한 살씩 나이를 먹고 어른에 가까워질수록 상실은 일상이 될 테고, 많은 것을 잃어갈수록 나와 닮은 누군가의 얼굴은 또렷해질 것이다. 비록 나는 쉽지 않겠지만, 아버지와 아이라는 두 세계를 넘나들며 꺼낸 작업이 누군가에겐 서로를 인정하는 계기가 되었으면 한다. 이 기록이 누군가에게 아버지에 대한 희망과 기대를 갖는 이유가 될 수 있다면, 나도 포기하지 않고 내 아버지를 향한 되새김질을 이어갈 수 있을 것이다.

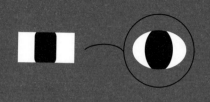

누군가를 3
사랑할 때

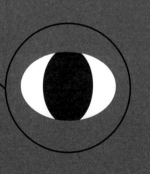

비로소
물을 수 있다

아버지의 모습은 너무나 다양한 법이에요

with 촌놈

나는 유아세례라고 해서 갓난아이일 때 어머니의 품에 안겨 가톨릭 신자가 되었다. 오늘 만난 촌놈도 어릴 때부터 성당에서만 놀았던, 가톨릭 학생회와 부부 모임으로 청년과 중년 시기를 모두 가톨릭과 함께 한 분이다. 촌놈은 시골에서 살다 부산으로 전학 온, 영락없는 시골 소년이라 청년기 내내 촌놈이라 불렸다고 했다. 그는 삶에 대한 태도와 종교적 신념 모두 나와 가장 닮은 사람이었다.

재밌는 건 촌놈을 처음 만난 건 성당이 아닌 시끄러운 민중가요와 오색 빛 단체 깃발이 가득한 여러 사회 현장이라는 사실이다. 그는 수많은 사람 속에서도 유난히 또렷한 눈매와 강한 얼굴선으로 늘 눈에 띄는 사람이었다. 그가 어떤 삶을 통과해왔는지는 모르겠지만, 삶에 대한 확신과 선한 사회에 대한 신념이 강하다는 건 묻어나는 표정만 보아도 쉽게 알 수 있었다.

그리고 힘차게 구호를 외치는 그의 곁엔 늘 그를 사랑하는 사람이, 또 그가 사랑하는 사람이 있었다. 두 사람은 늘 서로의 온기가 닿을 거리에 머물렀다. 짧은 삶 동안 사이좋은 부부의 모습을 한 번도 보지 못한 나였기에 서로를 아끼고 염려하는 부부의 모습은 민망하고 어색했다.

오래 지켜봐 온 성당 아저씨이자 누군가의 아버지. 촌놈은 내가 가장 인터뷰하고 싶던 사람이었다. 그의 삶을 듣기 위해 나는 성당도 거리도 아닌, 어느 주말 아침 해운대의 한 돼지국밥집에서 그를 만났다. 촌놈은 내게 왜 아버지들을 만나는지, 프로젝트의 이름이 왜 돼지국밥인지 물었다.

'제 얼굴에서 자꾸 아버지가 보여서요. 지금 어떤 모습일지 궁금하기도 하고. 이름은 특별한 건 아니고요. 그냥 돼지국밥이 아버지와 마주 보며 먹은 마지막 음식이라서 정해봤어요.'

조금은 당황한 눈치. 촌놈은 내가 아버지와 헤어진 줄 몰랐다며 잠시 긴 문장을 내려놓았다. 아버지가 없다는 답을 전하면 늘 찾아오는 침묵. 이젠 익숙하다. 말을 잃는 건 앞선 질문에서 이런 답을 마주한 적이 없기 때문이다. 안부상 묻는 '아버지는 뭐 하시냐'는 질문이 상대에게 안부가 아님을 확인할 때 오는 당황스러움.

비슷한 상황에 꺼내 본 앞선 문장이 없어 침묵하는 것이고, 서툴게 내뱉은 위로가 혹시나 상대에게 더 큰 상처를 줄지 몰라 조심하는 것이기에 이런 침묵은 따뜻하고 선하다.

국밥이 나오자 촌놈은 소주를 주문했다. 아버지뻘의 성인 남성과 단둘이 갖는 술자리. 소개팅보다 긴장되는 자리다. 소주를 돌려 딴 그는 빈 잔을 채워주며 많이 힘들었겠다고 말했다. '아니요. 저야 뭐. 저보다 어머니가 힘들었죠.' 소주병을 건네받아 그의 잔을 채우며 말했다. 이른 주말 오전에 낮술이라니, 설레는 일이다.

이미 촌놈과 나는 지난 몇 년간 수많은 질문을 나눴다. 잘 지냈느냐는 물음, 밥은 먹었느냐는 물음. 하지만 돌이켜보면 모두 가벼운 안부뿐. 관계에서 감당할 책임과 의무를 남기는 중요한 물음은 없었다. 구체적인 물음은 상대의 상황과 연결된다. 어려움을 나누고, 위로를 위한 구체적인 행동이 구체적인 물음에서 시작된다.

그래서 질문의 여부보다 어떤 물음을 건네었는지가 더 중요하다. 모를 땐 몰랐다는 문장 뒤로 숨을 수 있지만, 진지한 마음이 꺼내지고 나면 이해와 배려가 시작되니까. 오늘 나는 늘 해오던 안부가 아닌, 촌놈이란 한 사람의 존재를 향한 질문을 준비했다.

청년 시절 아저씨의 꿈은 무엇이었어요?

나는 그저 땀 흘려 일하는 사람이 되고 싶었어. 내가 사회를 변화시키는 큰일은 못하더라도. 적어도 땀 흘려 일하는 사람으로 남고 싶었어. 그럼 썩지는 않겠다고 생각했지.

촌놈의 꿈은 좋은 세상을 향한 사회 활동가였다. 그리고 세상에 대한 사랑이 커질수록 내가 지킬 '사람'과 '가정', '안정'에 대한 사랑도 점점 커졌다고 했다. 학생운동을 몇 년 더 이어가던 그는 가정을 지키기 위해 급하게 지방 공기업에 취직했다. 자신이 하고 싶던 방향도 아니었고 주변의 시선도 녹록지 않았지만, 가정과 안정을 위한 최선의 선택이었다.

촌놈은 좋아하는 '사람'을 지키기 위해 자신이 좋아

하는 '직업'을 내려놓았다. 좋아하는 것을 선택하기 위해 좋아하는 다른 무언가를 내려놓는 것. 선택에는 늘 결단이 필요하다. 인터뷰를 이어갈수록 어른의 선택이라는 것이 좋음과 싫음 사이에서 단 하나를 택하는 게 아니라는 걸 조금씩 알게 된다.

만약 저처럼 아이들을 인터뷰한다면 물어보고 싶은 게 있나요?

엄마 아빠에게 상처받은 게 있는지, 있다면 무엇인지, 엄마 아빠가 앞으로는 널 어떻게 대해줬으면 좋겠는지 물어보고 싶어. 잘하려고 노력하지만, 때로는 그 노력 때문에 상처받기도 하니까. 내가 모르는 상처를 물어보고 싶지.

아니, 그런데 왜 이리 이른 시간에 보자고 하셨어요? 주말인데 더 주무시지.

아침에 큰딸 운전면허 시험이 있어서 코스 한 바퀴 돌고 왔어. 마침 시간이 비더라고.

87년 당시의 청년이 으레 그러했듯 촌놈도 요동치는 한국 사회에 떠밀려 영문도 모른 채 거리의 중심에 서 있었다. 세상 걱정과 함께 쫓기듯 떠난 군대, 놓쳤던 공부와 함께 뜨겁게 활동한 청년연합회 시절. 졸업을 일 년 앞두고 그제야 미래에 대한 고민이 시작되었다는 말은 시간은 달라도 그와 나의 청년 시절이 서로 닮아있음을 보여주었다.

마지막 소주잔을 채우며 촌놈은 이제 아버지로서의 다음 과제는 '나로서 재밌게 잘 살아가는 것'을 보여주는 거라 했다. 하루를 즐겁게 보내고, 매일에 감사하며 살 수 있음을 아이들에게 보여줘야 한다고 말이다.

무엇보다 아버지가 너희에게 매여 있지 않음을, 너희 때문에 존재하는 것이 아님을, 엄마와 아빠가 여전히 서로를 사랑하고 아끼며 잘 살아갈 수 있음을 보여주는 것이 아버지로서 자신이 생각하는 다음 역할이라 말했다. 촌놈은 이제 자녀에게서 독립한 아버지의 모습을 보여주고 싶어 했다.

내가 생각한 분량은 이미 채웠지만 이렇게 마주 앉은 순간을 더 즐기고 싶었다. 오늘이 지나면 다시 가벼운 질문만 오고 갈 사이가 될 테니 어쭙잖은 핑계를 대고서라도 국밥집에 조금 더 앉아 있고 싶었다. 그는 언제든 먹고 싶은 게 생기면 연락하라 했다. 먹고 싶은 음식을 앞에 두고 생각나는 사람. 오늘이 지나면 나는 다시 지나가듯 잘 지내셨느냐 물을 테고, 촌놈도 익숙한 듯 특별한 일 없다 웃으며 답하겠지만, 돼지국밥 앞에서 서로가 떠오를 테니 우린 이전보다 훨씬 괜찮은 사이가 되었을 것이다.

어린 시절 헤어진 내 아버지를 만나겠다는 계획을 품었다고 해도, 나는 여전히 성인 남성과 대화를 하는 일이 어려웠다. 걸걸한 어투의 그들은 낯설고 어려운 존재였다. 최대한 질문지를 다양하게 준비했지만, 단둘이 마주한 경험이 없었기에 대화를 건네기도 눈을 마주치며 살가움을 품기도 쉽지 않았다. 그런데 촌놈처럼 인터뷰를 이어가며 나와 시선이 닮은 아버지를 만날 때마다 중년 남성에 대한 인식도 넓어졌다.

세상엔 다양한 방식으로 살아가는 아버지들이 있다. 매일 똑같은 시간에 일어나 똑같은 옷과 똑같은 표정으로 출근하는 아버지도 있고, 느지막이 일어나 대충 눈에 보이는 옷을 걸쳐 입고 그날의 컨디션에 따라 가장 맘에 드는 시간에 일터로 나서는 아버지, 책임보단 자유를 찾아 이리저리 정처 없이 방랑하는 아버지도 있다.

하루를 보내는 시간만큼이나, 세상을 바라보는 아버지들의 시선도 다양하다. 아버지는 하나의 모습이 아니다. 나도 훗날 아버지를 만나면 그가 하고 싶다던 질문을 하고 싶다. 나에게 상처받은 게 있는지. 있다면 무엇인지. 내가 앞으로 아버지를 어떻게 대했으면 좋겠는지 물어보고 싶다.

의지가 있다면 지켜낼 수 있고 달라질 수 있어요
with 골리

매력적인 턱수염을 길렀던 골리. 골리도 나처럼 아버지를 '그 사람'이라 칭했다. 골리의 꿈은 단순했다. '내 자식만큼은 내가 겪은 불안을 느끼지 않게 하는 것.' 아버지에게 물려받은 공포를 전하지 않으려 매 순간 그는 아버지와 다른 방향으로 걸어왔다고 했다.

제일 중요한 게 불안을 느끼지 않았으면 하는 거죠. 내가 어렸을 때 아버지가 폭력적이고, 끊임없이 불화가 있었으니까요. 집이라는 공간 자체가 불안의 핵심 공간이었어요. 그게 너무 싫었거든요. 내 자식은 그런 경험을 안 했으면 싶었어요.

골리의 3인칭은 나와 또 다른 느낌이었다. 존재하지만 보이지 않던 내 아버지와 달리, 매일 나타나던 골리의 아버지는 폭력과 공포, 불안을 몰고 왔다. 키가 크고 어깨가 넓어 골리앗과 같은 덩치라 '골리'란 별명을 가진 그였다. 타고난 육체만으로 타인을 압도하는 골리가 말하는 공포란 단어는 어색하기만 했다. 어른이 되어도 여린 날 새겨진 기억은 강렬히 남는 걸까. 많은 면에서 그와 나는 닮았다. 아버지와 닮음을 마주하면서도 아버지와 다르기 위해 분투하던 그.

배척하면서도 아버지를 닮아가는 게 아닐까 해요. 어떤 사람을 닮고 싶고 원하기보다 이 사람만 아니면 되겠다는 생각. 누군가를 동경하기보다 이 사람만 아니면 되겠다 싶었던 거죠. 동경하는 대상이 있다면 닮으려고 노력이라도 했을 텐데. 싫다고 하면서도 은연중에 그 사람을 계속 답습했던 걸 아닐까 싶어요.

불안과 공포는 다르다. 구체적 대상에게서 가해지는 두려움이 공포다. 골리는 아버지에게 받은 공포를 반복하지 않았다. 그리고 남은 건 不安(불안), 즉 안정하지 않은 상태. 더 많은 돈을 벌기 위해 업무에 몰입할수록 가족의 거리는 멀어졌다. 흔들리는 경기장 위에선 쇠처럼 단단한 골리의 두 다리도 무색하다. 애쓰는 골리였지만 사회는 하루하루가 예측 불가인 전쟁터, 누군가에겐 한없이 불리하고 누군가에겐 한없이 유리한 기울어진 경기장과 같았다. 가족의 생계를 오로지 제 능력만으로 해결해야 했던 골리는 아이에게 전해지는 내 아버지와는 또 다른 '불안'과 마주해야 했다.

아버지와 가장은 다르잖아요. 아버지는 아이와의 관계에서 형성되는 거고, 가장은 가족의 경제적인 부분까지 포함하고 있으니까요. 벌이가 좋아야 한다는 부담 때문에 가족과 함께 하는 시간이 적어졌어요. 피곤하니까 가족을 대하는 것도 점점 투박해지고요.

무엇이 중요한지 모르지 않은데 당장 관계에 우선할 수 없는 상황에 늘 놓여요. 시간이 조금이라도 생기면 '나도 쉬고 싶다', '나도 인간이다' 이런 생각이 들면서 아이와 보내는 시간을 점점 회피하게 되는 것 같고요. 또 아이가 조금씩 아빠의 상황을 이해하고 앞서서 배려하기 시작한다는 거. 이게 제일 걱정이죠.

직업에 충실한 아버지와 아이가 필요할 때에 곁에 있는 아버지는 양립할 수 있는 걸까. 늘어난 책임만큼 가족 안에서의 역할은 희미해져 간다. 우리는 이미 역할에 가려 희미해지는 아버지와 어머니를 보았다. 자신의 이름을 잃고 누군가의 부모로만 불릴 때 거대한 행복 뒤로 깊은 공허함이 함께 찾아온다는 것을 우리는 보아서 알고 있다. 골리의 행복은 가족의 한 구성원으로서 존재감을 가지는 것에 있었다.

개인으로서의 행복과 가족으로서의 행복 두 가지가 있을 텐데 그 사이에서 균형을 찾는 게 힘든 것 같아요. 지금까지는 둘 중 하나를 포기해야 한다고 생각했는데, 돌이켜보면 꼭 그런 것도 아닌 것 같고요. 가족을 위해서 자신을 포기해왔던 우리 아버지 세대와는 무언가 달라야 하지 않겠냐는 생각이 있죠. 솔직히 잘 모르겠어요. 제가 어떤 '아버지'가 돼야 하는지.

『저도 중년은 처음입니다』란 책도 있잖아요. 저는 그 표현이 정확한 거 같아요. 어떤 아버지가 되겠다고 정하기 전에 아버지가 돼요. 처음에는 생각 없이 아버지란 게 주어지는 거죠. 이후 그 아버지로서의 역할과 소명 책임감 등을 가지고, 최선을 다해서 실천하면 되지 않을까요? 물론 그 과정이 쉽진 않을 테지만요.

제가 볼 때 아버지는 느닷없이 되는 거 같고요. 아버지가 할 만하다 싶으면 곧 죽을 때가 된 거라고 생각해요.

어쩌면 우리가 찾는 건 '행복한 아버지', '자신을 잃지 않는 아버지'가 아닐까. 새로운 제안을 많이 해줬던 골리지만 내 삶이 여의치 않아 많은 일을 함께하지 못했다. 골리는 모든 것이 과정이라 말했다. 아버지 되기도 역시 실패의 과정이라며 그는 유쾌하게 웃었다.

나는 힘차게 걸어가라는 말보다, 묵묵히 곁에서 함께 걷는 것에 더욱 큰 힘이 있다고 믿는다. 누군가의 곁에서 함께 걷는 이는 다른 것을 묻는다. '내가 함께 들어줄 짐은 없냐고, 저기 언덕 위 그늘에서 잠시 쉬어가겠냐고.'

골리는 내게 아버지와 어른 됨을 함께 고민하자 했다. 어른은 멀리 있지 않다. 곁에서 함께 하는 이가 바로 어른이다. 내겐 중학교 시절 아버지의 빈자리를 채워주었고, 먼발치에서 나와 동생, 어머니를 위해 기도해주고 지켜주었던 큰 어른이 있다.

어느 날 그는 성인이 된 나에게 '아이와 어른의 차이'를 아느냐는 질문을 던졌다. 그의 물음에 한참을 고민한 나는 누군가의 도움이 필요한 존재는 아이로, 누군가를 도와줄 수 있는 존재가 어른이라 정의했다. 하지만 그는 조금 더 쉽게 생각해보라고 하시며, 아이와 어른의 차이는 능력보단 태도에 달려 있다고 일러주었다. 아이와 어른의 차이에 대한 물음, 아직까지 잊히지 않는 중요한 물음이다.

아이였던 나의 시간이 너무 빨리 끝나 버린 건 온전한 나의 선택이었다. 감정은 언제나 폭발적으로 반응한다. 하나의 감정이 쏟아지면 그 빈틈으로 의도하지 않은 너무 많은 것이 흘러내린다. 하루의 평안을 지키기 위해 감춰야 하는 건 무엇보다 감정이었다. 내 감정을 속이는 것이 나의 일상을 지키는 방법이자 모두를 지켜내는 가장 손쉬운 일이었다.

나는 성급하게 어른의 모양새를 닮아내려 애썼다. 어른이라 얘기되는 침묵, 어른이라 얘기되는 냉소, 어른이라 얘기되는 받아들임. 나에 대해 둔감하고 세상의 일에 무던할수록 일상은 어제처럼 흘러간다는 걸 금방 깨달았다.

내가 아이인지, 어른인지에 대한 자문은 깊고 또 길게 이어졌다. 질문에 대한 해답을 찾기 위해 먼저 자신을 '어른'이라 지칭하는 이들을 찾아 나섰다. 시대의 어른들은 그들이 이 지루한 인생의 답을 알고 있다고 했다. 오늘만 아주 특별히 저렴한 가격으로 알려준다는 해답들은 냉철하고, 명료했다. 아무리 많은 시간을 그들에게 쏟아도 따스함은 느껴지지 않았다. 그들은 한 번도 강단을 내려와 내게 말을 건넨 적이 없기 때문이다. 언제나 적당한 거리에서 적당한 답을 일러주었기에 따듯하지 않았다.

　우리에겐 먼발치에서 답을 일러주는 이가 아니라, 함께 답을 찾아 나서는 이가 필요하다. 나의 여정에 동행하며 함께 고민하고 함께 아파하는 이 말이다. 나는 아버지보다 어른이 되고 싶었다. 곁에서 삶의 순간을 함께 나눌 수 있는 이가 되고 싶었다. 골리가 내게 제안해준 함께 걷자는 말이 그래서 따듯했고, 그래서 더 반가웠다.

당신이 꿈꾸는 변화는 아름답다

with 택트훈

"저는 역할이 사람을 만든다고 생각하거든요. 저는 아이에게 최선을 다하고, 아이와 함께 맞춰 갈 자신이 있어요. 나의 능력으로만 보면 좋은 아버지가 될지 모르겠지만, 최선을 다할 거니까요."

'서서히 사라지기보다 한 번에 타버리는 것이 낫다(It is better to burn out than fade away)' 록밴드 너바나의 커트 코베인이 남긴 말이다. 택트훈은 대기업 엔지니어다. 그러면서도 젊은 시절을 밴드와 음악으로 가득 채운 아마추어 락커이자, 진지하게 음악을 꿈꿨던 록스타기도 했다.

친구들과 어울리고 뜨겁게 젊음을 불태우길 원했던 택트훈은 동네마다 있던 작은 스쿠터 택트를 타고 다녀 택트훈이란 별명이 지어졌다. 그런데 자식이 생기면 나 자신을 잃는다 했던가. 많은 이가 그렇듯 택트훈도 아버지가 되고 가정을 꾸리며 뜨거운 젊은 시절의 꿈이 모두 타버리고 말았다. 시대를 주름잡는 아티스트가 되길 바랐던 청년은 이제 '마라톤인 삶에서 앞으로 20년 동안 한결같이 가족 곁을 지키는 것'을 꿈꾸고 있었다.

기저귓값 나오고 분윳값 나오는 걸 보면 적어도 20년 동안은 잘 버텨야 한다 싶어요. 10년 선배들 보면 결국 미래의 내 모습인데 다 위장약 먹고 치질 걸리고 몸 어디 하나씩 고장 나도 병든 닭처럼 기어코 회사 나오는 거 보면 안쓰럽기도 하고요. 나도 저 때까지 버텨야 한다는 책임감이, 몸이 아파도 저렇게 돈을 벌어야 한다는 부담감이 밀려오죠.

'아버지'는 아이의 삶이 시작되고, 나의 삶이 끝나기 전까지 한시도 쉴 수 없는 역할이다. 락커를 꿈꿨던 청년, 스쿠터 택트를 타고 동네를 누볐던 그는 이제 자신의 역할을 다하려 애쓰고 있었다. 한 번에 타버리는 것이 낫다 외치던 그가 아이와 자신이 선택한 사람을 위해 서서히 그리고 아주 오래 타오르려 애쓰고 있던 것이다.

타인에게 드러나지 않는 일상의 어려움을 묻자 택트훈은 지금의 힘듦보다 지나친 시간의 힘듦을 고백했다. 한 번도 경험해본 적 없는 부모라는 세계는 누구의 잘못도 아니지만, 서로를 무척 외롭게 했다며 나를 선택한 아내에 대한 미안함과 함께 아이를 향한 책임감을 고백했다.

아이를 낳고 나면 온종일 지친 남편과 온종일 육아 스트레스로 지친 와이프의 만남이 매일 이어져요. 둘 다 지쳤기 때문에 서로를 풀어주기 원하고, 그러다 꽝하고 터지는 거죠. 둘 다 힘들고 스트레스 받는데 그 누구의 잘못도 아닌 거예요.

아이의 잘못도 아니고. 집사람의 잘못도 아니고. 내 잘못도 아니에요. 누가 잘못한 것도 아니라 마땅한 해결 방법도 없어요. 아이 재우면 둘 다 지쳐 쓰러져 잠에 들고. 계속 이런 상황이 반복되다 보니 풀지 못한 채 감정만 쌓여 가서 힘들었죠.

택트훈은 아버지로서 안정적인 경제적 수입을 마련하는 것만큼 무거운 것이 '환경에 대한 책임감'이라 했다. 아이에게 노출되는 환경은 대부분 부모의 습관과 이어지기에 무엇인가를 해주겠다는 약속보다 아이를 향해 전해지는 습관적인 사랑과 믿음이 훨씬 중요하다고 했다.

그렇다. 아버지로서 내어줄 수 있는 가장 큰 환경은

어떤 상황에도 믿음과 지지를 잃지 않는 울타리다.

> 저는 아이가 어떤 삶을 살든 믿어 줄 거예요. 가족이란 굴레가 중요한 거지 굳이 함께 있을 필요는 없으니까요. 가고 싶은데 다 가보라고 하고 싶고, 이 좁은 한국에 있을 게 아니라 외국 가서 시야도 넓히라고 할 거예요. 여기에서 사는 방식이 다가 아니라는 걸 스스로가 깨달을 수 있게 지원해주고 싶어요.
>
> 가족은 밖에서 힘들 때 돌아오는 공간이지, 계속 머물러야 할 곳은 아니잖아요. 아이가 내 눈앞에 있으면 안전하다고 느끼겠지만, 그건 진짜 안전한 것이 아니죠. 서로 믿어 주는 것이 진짜 안전한 관계라고 생각해요. 당장 눈앞에 있는 것보다요.

나는 두 사람이 처음 연애를 시작하고, 진지하게 만나고, 앞으로의 삶을 함께하기로 했다며 결혼을 알리는 표정을 보았다. 그들의 결혼식에 참석해 어설픈 축가를 불러 당황하는 표정도 보았고, 가정을 이뤄 아버지와 어머니가 되는 과정도 모두 지켜보았다.

갓 시작한 풋풋한 연애 시절과 순백의 웨딩드레스와 멋진 수트를 빼입은 결혼식, 걸음이 서툰 딸의 손을 잡고 함께 걷는 모습까지. 그 모든 순간 택트훈의 표정은 한결같았다. 택트훈에게 나중에 글을 읽게 될 아이에게 무슨 이야기를 남기고 싶은지 물었다. 그는 아이처럼 해맑게 웃으며 말했다.

하나 있습니다. 그냥 우리 아빠가 내가 성인이 되고 새로운 가정을 찾을 때까지는 가정을 잘 지켜주셨다는 거. 그거 하나 인정받고 싶어요. 근데 그게 힘들잖아요. 삶이란 게 마라톤이기 때문에 앞으로 30년 동안 가족 옆에서 한결같이 한다는 게 생각만 해도 어려운 일이니까요. 그저 아빠로서 열심히 살았다고, 나중에 고생 많으셨다는 한마디 듣고 싶어요.

아버지가 줄 수 있는 가장 큰 선물은 더 나은 삶을 꿈꾸는 것에 있다. 더 나은 삶을 꿈꾸는 존재이면서, 더 나은 삶을 꿈꿀 수 있게 해주는 것이다. 그 꿈은 네 것이 아니라며 타이르지 않고, 자신의 경험치로 자녀의 삶을 한정 짓지 않고, 너는 그 어떤 꿈도 충분히 가질 자격이 있다고 말해줘야 한다는 걸 택트훈을 통해 배웠다.

낡은 택트를 타고 동네를 누비던 락커의 꿈은 사라지지 않았다. 하드락에서 어쿠스틱 버전으로, 코드만 조금 변형되었을 뿐.

결핍은 없음을 확인할 때가 아닌
무엇이 필요해질 때 느껴지는 감정이다

with 쿨다움

쿨다움을 생각할 때 가장 먼저 떠오르는 단어는 츤데레다. 겉으론 항상 불평이고, 많은 일에 무관심한 것처럼 보이지만, 정작 필요한 자리에 필요한 순간엔 항상 그가 있었다. 쿨다움은 인터뷰 제안을 건네는 나에게 아무리 생각해도 자신은 인터뷰 대상으로 적절치 않다고 했다. 아버지란 정체성, 아버지로서의 기쁨. 흔히 꺼내지는 부성의 감정이 아직 충분하지 않다는 이유였다.

그럼에도 아버지 인터뷰 중 가장 설레는 대상은 아직 세상에 나오지 않은 아이의 아버지다. 아버지가 되었다는 사실을 몸으로 느끼기엔 어려운 시기. 성숙한 아들과 시작하는 아버지 사이에서 고민하고 갈등하는 쿨다움의 마음을 듣고 싶었기 때문이다. 그리고 역시나 그의 문장엔 묘한 떨림과 설렘이 함께 숨어있었다.

처음 테스트기를 보며 들었던 생각은 '드디어 생겼구나, 아내가 좋아하겠구나'였어요. 사실 아이에게는 미안한 감정이지만, 아이가 생겼다는 기쁨보다는 아내의 바람이 이루어져서 저는 오히려 거기서 오는 기쁨이 더 컸어요. 드라마나 영화 속에서 아이가 생겼을 때 우는 남편도 있고 좋아서 아내랑 부둥켜안는 분들도 있는데 사실 저는 그러진 않았어요.

늘 궁금했었다. 아버지란 정체성을 언제 처음 느꼈는지 말이다. 쿨다움은 여전히 실감 나지 않는다고 했다. 건강하게 만나는 것을 기다리고 있지만, 어떻게 키우겠다는 다짐을 전하기에는 너무 먼 일이다. 그는 좋은 아버지가 되겠다는 말은 하지 않았다. 쿨다움은 자신을 준비가 미흡한 아버지라 했다. 지금 그렇듯 앞으로도 완벽할 수 없다는 사실을 바라보고 있었다. 그저 쿨다움은 내 아이에게만 좋은 아버지가 되겠다고 말했다. 신선한 자극이었다. 그는 세상이 말하는 좋은 아버지엔 관심 없었다. 내 아이에게만 좋은 아버지이길 바라고 있었고, 내 아이가 다듬어갈 아버지로서의 내 모습을 그렸다.

친구 같은 아빠. 언제든 찾아갈 수 있고 기댈 수 있는 아빠. 나도 아빠가 처음이고, 아이도 아이로서 처음이잖아요. 그래서 서로 함께 맞춰갔으면 좋겠어요. 좋은 아버지는 아이를 통해 다듬어가는 거죠. 먼저 완성되어 있는 것이 아니라요.

서로 어떤 교감이 통한 채로 그렇게 같이 만들어가는 과정이 중요하다고 생각합니다. 어쨌든 그냥 아빠랑 앞으로 계속 허물없는 사이였으면 좋겠어요. 그래서 내 아이에게도 아버지가 아니라 영원히 아빠로 남고 싶어요. 아버지라면 뭔가 먼 느낌이잖아요. 물론 존경의 의미가 담길 순 있겠지만 아빠라고 하면 뭔가 더 친근하고 가까운 느낌이에요. 아버지보단 아빠가 되고 싶습니다.

겉으로 까칠하게 툴툴대고, 나이가 한참 어린 내게도 늘 존댓말을 썼던 쿨다움이라 그의 입에서 나온 '아빠'란 말은 너무 어색했다. 그는 내게 아버지보다 아빠가 되고 싶다 했다. 함께 장기 두고 게임하고 작은 구슬을 당구공 삼아 우리만의 당구 게임을 했던 아빠와의 추억처럼 쿨다움도 자신의 아이와 추억을 쌓는 친구 같은 아빠가 되고 싶다고 했다. 그가 말한 좋은 아버지는 오래도록 아빠라 부를 수 있는 '친구 같은 아버지'였다.

그에게 이런 표정이 있었나, 이런 감정도 있었나. 인터뷰를 진행할수록 놀랍고 새로웠다. 냉철하고 까탈

스럽다 여겼던 쿨다움은 자신이 지켜야 할 사람과 그들의 감정을 누구보다도 세심하게 캐치하고 있었다. 인터뷰는 늘 설레고 재밌는 일이다. 누군가를 충분히 안다고 생각했어도, 이렇게 다른 분위기 다른 주제로 만나자 낯선 모습의 상대가 눈앞에 있다.

나는 그에게서 본인만의 빛깔을 찾아 본인만의 자리를 찾아가는 아버지를 바라본다. 사랑은 빛과 같다. 프리즘을 통과한 빛이 여러 색깔로 나뉘듯, 사랑에도 여러 감정이 섞여 있다. 사랑엔 떨림과 그리움, 두려움과 고민이 층위를 나누며 뒤섞여있다. 쿨다움은 아들을 기다리며 떨려 했고, 두려워했으며, 아버지를 그리워했고, 이후의 삶을 고민하고 있었다. 그 모든 것이 사랑이다. 그는 누구보다 아들과 아버지를 사랑했다.

내겐 아빠가 했던 몇 마디의 말들만 크게 남아있지만. 아빠에게는 내가 평소에 했던 작은 말들, 작은 행동 하나하나가 다 남아있지 않을까 싶네요. 저는 표현에 서툰 편입니다. 돌이켜보면 서툰 말들뿐이었지만, 아빠에게는 아들의 서툰 말도 모두 의미 있지 않았을까 해요.

그래도 그는 분명 좋은 아버지가 될 것이다. 가득한 축복의 마음으로 건강하게 세상에 나올 그의 아이를 기다린다. 혼자만의 계획이 아닌 세상에 나올 아이와 함께 아버지의 모습을 맞춰나가겠다는 쿨다움의 말을 여기 이곳에 담아본다.

나와 그의 대화가 언젠가 글을 배우고 점차 아빠를 어려워할 쿨다움의 아들에게, 내 아버지의 시작을 볼 수 있는 좋은 창구가 되길 바라본다.

아버지가 듣고 싶은 작은 말

with 양재기

이십 대 중반, 매일 아침 거리로 나가 작은 캠페인을 하던 때가 있었다. 피켓을 들고 매일 아침 출근길 위 낯선 사람들과 만나는 작업이었는데 멍하니 서 있던 나를 많은 사람이 외면했지만, 양재기만큼은 매일 내게 다가와 말을 걸어주었다, 밥은 먹었느냐 물어봐 주었고 근처 국밥집으로 데려가 따듯한 밥을 사주기도 했다. 작은 체구에 항상 깔끔한 양복과 분홍 넥타이를 매던 양재기. 그의 아침은 늘 정갈했다.

대충 보아도 무척 무거워 보이는 서류 가방을 들고 다니던 양재기의 직업은 공인중개사였다. 오랜 수험생활을 보내고 겨우 늦깎이 공인중개사가 된 그는 아직 넉넉한 수입이 없어 다른 사무실의 중개 일을 도와주는 신참내기였다. 양재기는 늦게 시작한 공인중개사 일이었지만, 헤매던 과거와 달리 조금이라도 안정적이고 전문적인 일을 할 수 있어 행복하다고 했다. 이젠 아이들에게 조금이라도 많은 걸 해줄 수 있어 다행이라는 평범하고 고요한 사람이었다.

양재기는 늘 돈이 부족해 아이들에게 떳떳한 아버지가 되지 못했다며 지난 시간이 부끄럽다고 말했다. 거래를 위한 수단이었던 돈이 이내 목적이 되었다. 돈의 세상에선 돈이 필요하지 거추장스러운 서로가 필요하지 않다. 우리가 그토록 더럽고 치사한 상황 속에서도 벗어나지 못한 채 돈을 버는 건, 획득한 돈의 액수가 곧 나의 필요와 쓸모를 증명하기 때문이다.

자본이 삶의 이유이자 증명이 된 세상에서는 부모의 역할 역시 손쉽게 '돈'으로 측정된다. 통장 속 돈의 액수가 부모의 쓸모를 결정하고, 이체한 돈으로 부모의 역할을 다했다 여기는 것이다.

어떤 부모는 집을 사주기도 하니까. 그렇게 조금씩 차이가 나고 나중엔 한참 앞서가게 되니까 가슴 아프지. 내가 어렸을 땐 아버지를 엄청나게 원망했어. 왜 넉넉한 환경에서 날 기르지 못했는지 말이야. 그런데 나도 지금 아이들 학원비도 못 대주고 용돈도 넉넉히 못

주거든. 이제야 아는 거지. 우리 아버지도 돈을 안 벌고 싶었던 게 아니었구나, 당신이라고 내게 잘해주고 싶지 않았겠냐. 내 아버지도 아버지 세대에서 정말 열심히 했을 테니까 말이야.

양재기는 부족한 일상 속에서 나름의 방식으로 노력했던 아버지의 지난 모습을 발견했다. 그리고 아버지에게 불평했던 자신의 모습을 떠올리며 실망하는 아들의 마음을 이해했다. 비록 부족한 생활이었지만, 돌아가신 아버지와도 날카로운 아들과도 화해한 양재기는 이제 누구보다 자유로운 사람이었다. 오늘의 부족함에 위축되지 않았고, 과거의 결핍에도 매여 있지 않았다.

그는 돈을 많이 버는 친구가 부럽지는 않지만, 가족과 함께 등산하는 친구는 부럽다고 했다. 부부가 함께 손을 잡고 산을 오르고, 장성한 아이들이 앞과 뒤에서 나란히 오르는 모습. 곁에 있는 사람들과 오래도록 함께 걷는 것이 그가 이루고 싶은 마지막 꿈이라고 했다.

나도 아들에게 정말 잘해주고 싶었다고 말해주고 싶어. 아빠가 그래도 나쁜 짓은 안 할 테니까. 지금 아빠가 많이 못 해줘도 마음만은 잘 알아 달라고 하고 싶지. 그리고 나만 아니라 부모가 다 같을 거야. 자식에게 듣는 우리 아빠 최고라는 소리가 위안이 돼. '아빠, 오늘 고생했습니다.' 평범한 말 있잖아. '우리 아빠 최고네' 같은 빈 말이라도 해주면 다시 열심히 할 힘이 나지.

양재기의 삶과 꿈을 듣고 나의 감정도 돌아보았다. 혹시 아버지에 대한 감정도 치기 어린 투정은 아닐까. 같은 상황에 되어보지 않고 앞서 판단하는 얕은 감정인 걸까. 깊은 고민에 빠진 나를 보고 마음으로 서로를 이해하는 친구 S가 자신의 이야기를 들려주었다.

아버지를 향한 개운치 않은 감정을 지닌 나와 달리 S는 아버지를 한없이 존경하고 사랑한다고 했다. 꽤 오랜 시간 환경미화원으로 일했던 S의 아버지는 몸이 피곤해도 설거지나 빨래와 같은 작은 과업을 미루지 않았고, 비가 오나 눈이 오나 늘 같은 시간에 일어나 출근하는 분이었다. 한결같은 뒷모습을 아들에게 보여주었던 아버지.

S는 자신의 아버지가 그리 넉넉한 경제력을 갖추지 않았지만 모든 일에 정직하고 성실한 분이었기 때문에, 그리고 매일 새벽 자식이 깰까 조심스레 나서는 아버지의 뒷모습을 보았기 때문에 깊은 감사와 존경을 느낀다고 했다. 그는 아버지의 직업을 결과로 두고 평가하지 않

았고, 아버지가 살아가는 딱 하루씩의 태도에서 존경과 감사의 지점을 찾아내었다. S는 아버지와 아들이어서가 아니라, 자신의 삶에 최선을 다하는 것을 보여주는 것에서 존경과 사랑이 시작된다고 했다.

그렇다. 내가 원하던 것, 그리고 양재기와의 대화에서 내가 찾았던 것. 그것은 바로 자신의 삶에 최선을 다하는 아버지의 모습이었다. S는 내게 너 역시 모든 순간에 최선을 다하라 했다. 그래야 '최선'을 기준으로 아버지를 바라볼 수 있다고, 그래야 아버지와 네가 다르다는 것을 알 수 있을 거라고 말해주었다. 그렇게 조금 더 자유로워질 수 있을 거라며 말이다.

나를 외면하지 않을 때, 책임감은 힘을 얻는다
with 백귀신

또 한 명의 예술가가 있다. 아버지로 사는 삶과 자신의 꿈을 함께 이어가는 사람. 백귀신은 생업을 이어가며 작은 밴드의 리드보컬을 맡은 여전히 꿈을 꾸는 아버지다. 찰랑거리는 긴 머리를 가진 백귀신은 어린 딸 그리고 어머니와 함께 살고 있었다. 아이가 막 걷기 시작할 무렵 아내와 각자의 삶을 살기로 선택한 그는 포기하지 않고 어린 딸의 곁을 홀로 지키고 있었다. 그에게 아버지로서의 삶과 무게를 물어보았다.

별생각 없었어. 왜냐하면 갑자기 아버지가 되었거든. 두렵고 말고 할 시간 자체가 없었지. 결혼도 늦게 할 생각이었고 아이도 갖지 않고 신나게 살 생각이었으니까. 난 방황은 아니고 방탕하게 놀았지. 방황은 방향을 모르는 거고, 난 확실하게 방향을 알고 놀았으니까 방탕이었어. 어른들이 하는 걸 조금 일찍 했달까.

그렇게 혼자 살아가려 했는데 갑자기 아이가 생겼으니까. 서른 중반 넘어갈 때라 어쩔 수 없는 일이라 생각했고. 내 새끼라는 생각을 한 번도 놓친 적이 없어. 한 번씩 힘들 때도 있지. 안 힘들 수가 있나. 그래도 우얄끼고 살아야지. 힘들다고 포기할 거가. 계속 살아야지.

그는 당황스러울 정도로 유쾌하고 밝은 사람이었다. 매사가 걱정이고 불안인 나와는 정반대의 캐릭터였다. 혹시나 상처가 될까 싶어 너무 개인적인 질문과 많은 상황을 설명해야 하는 질문은 꺼내지 않았지만, 백귀신은 개의치 않고 하나의 인터뷰 질문과 연결된 자신의 모든 일을 답해주었다.

아버지를 포기하고 싶던 순간? 잠시는 있었지. 애 엄마가 떠날 때? 애 엄마는 없는데 나는 다른 일을 해보고 싶고, 애기 때문에 못 하고 그럴 때. 그땐 아이가 없었다면 어땠을까 싶었지. 도망가고도 싶었고.
그런데 그 생각, 딱 한 번 하고 말았어. 그래 봤자 바뀔 것도 아니고. 끝까지 책임을 져야지. 내 새끼인데. 그때가 딸이 아마 네 살쯤이었을 거야.

아버지의 삶이 버겁진 않으시냐, 더 솔직히 말해 아버지이길 포기하고 싶진 않았냐는 물음에 백귀신은 특유의 솔직함으로 대답했다. 시작의 이유보다 중요한 건 지속하는 이유다. 어떤 계기로 아버지가 시작되었는지보다 왜 계속 아버지로서의 삶을 이어가는지 듣고 싶었다.

외로움도 두려움도 쉬이 느끼지 않는 백귀신은 자신의 감각에 주목하고 무엇을 원하는지를 확실히 아는 사람이었다. 그만큼 자신의 하루를 열심히 대했다. 버겁고 힘들어도 오늘 밤 즐겁게 술을 마시기 위해 집중해 하루씩을 살아내는 것이다. 세상 부러울 것 없이 매일 노래하고 술 마시고 방탕하게 놀았다는 백귀신은 이젠 어린 딸과 함께 사람들과 어울리고 술을 마시고 노래를 부르며 즐겁게 놀고 있다. 자신으로서의 삶과 아버지로서의 삶, 둘 중 어느 것도 놓치지 않으며 말이다.

자신감 넘치는 백귀신도 하나 걱정하는 게 있다면 딸 아이가 성장하며 마주할 여러 변화를 따뜻하게 공감해줄 엄마의 부재였다. 하지만 그 문제 역시 앞서 걱정해서 어쩌겠냐며 가볍게 웃어넘긴다. 어쩌면 난 너무 많은 것을 미리 앞서 어렵게 생각했는지도 모르겠다. 백귀신은 자신이 할 수 있는 것과 할 수 없는 일을 잘 알았기에 오늘도 딱 정량의 책임을 채우며 가벼운 하루를 보내고 있다. 백귀신. 나는 그를 응원한다. 자기만의 방식으로 하루를 살아가는 그를 나는 당당히 아버지라 칭하고 싶다.

지가 커서 이 글을 볼지는 모르겠지만, 이 말은 남기고 싶어. 내가 너를 언제나 이뻐라 하고. 사랑한다고. 그거는 커서도 기억해주면 고맙겠고. 나도 내 인생 내 마음대로 살았으니까. 너도 너의 마음대로 살아가라고... 내가 너를 사랑하고 있고. 사랑하고, 언제나 사랑할 거라고 말해주고 싶지. 이걸 기억해주면 고마울 텐데... 아마 금방 잊겠지?

언제나 역할이 사람을 만든다
with 앵

우리가 처음 만난 건 내가 초등학교 3학년, 앵이 중학교 2학년 때다. 같이 축구하고 어린이 캠프도 가고, 그리 가깝진 않았지만, 서로가 보이는 거리에서 성장기를 함께 보냈던 사이다. 시간이 흘러 나도 앵도 각자 군대를 다녀오고, 제법 성인의 티가 날 때 앵은 연애를 시작했다. 앵의 여자친구도 함께 성장기를 보냈던 동네 누나였다. 두 사람은 제법 길고 진지한 연애를 이어갔고 결국 결혼까지 골인, 이내 아버지가 되었다.

내 기억 속 여러 모습이 있다. 여드름 가득한 소년의 앵과 든든히 그 곁을 지키는 앵의 아버지. 그리고 아내와 함께 서 있는 앵과 손녀를 안고 있는 앵의 아버지. 앵의 모든 순간이 내 머릿속에 있다. 소년에서 아버지가 된 앵처럼 앵의 아버지도 아버지에서 할아버지가 되었다.

앵의 곁에서 활짝 웃던 그 날의 40대 아저씨와 이젠

흰머리가 희끗희끗한 할아버지가 되어 손녀를 보며 웃는다. 부드럽게 중첩된 시간의 모습은 내게 진한 감동을 남겼다.

아버지가 된 앵은 아이를 통해 생긴 변화와 굴절되는 삶을 흥미롭게 마주하고 있었다. 기존의 가족공동체를 떠나 새롭게 튕겨 나간 삶, 되어보지 않고는 알 수 없던 삶을 이제 적극적으로 살아가고 있었다. 앵에게 가장 궁금했던 걸 물었다.

'형은 어떤 아버지가 되고 싶어요?'

자녀와 많은 걸 공유하는 아버지? 추억이 됐든 관심사가 됐든. 자식이라는 게 나도 그렇지만 어느 순간이 되면 부모 품을 떠나는 건데 떠나고 나서도 계속 힘이 되는 건 내 아버지와 공유했던 기억들, 추억들, 그런 것들이 아닌가 싶어. 부모 품을 떠나는 건데 떠나고 나서도 계속 힘이 되는 건 내 아버지와 공유했던 기억들, 추억들, 그런 것들이 아닌가 싶어.

'아이에게 무엇을 가장 해주고 싶어요?'

내가 못했던 것들? 내가 해보지 못했던 것들을 해주고 싶어. 할머니 할아버지와 함께 멀리 여행도 가보고 싶고. 캠핑장 가면 요만한 아이들이 뛰어다니는데. 작년 설인가 어머니 아버지 그리고 나 이렇게 세 명이 캠핑을 하러 갔었거든.

그때 아버지가 햇빛 아래 앉아서 다른 아이를 너무 흐뭇하게 바라보고 있는 거야. '할아버지~' 하면서 뛰어가는 모습을. 우리 아버지도 이제 할아버지가 되고 싶으신가 보다 하는 생각이 들더라고.

앵은 자신에 대한 그리고 가족에 대한 관찰력이 뛰어난 사람이었다. 자신이 아버지에게 무엇을 원했는지 기억해냈고, 미묘하게 변해가는 내 아버지의 지점도 포착했다. 진지한 연애를 했던 앵답게 언젠가 아버지가 될 거라는 마음도 진지했던 그는 열망했던 만큼 희망하는 아버지의 모습과 역할도 구체적이었다.

딸에게 언제든지 조언해줄 수 있는 아빠. 언제든지 조언을 구할 수 있는 그런 아빠와 딸 사이였으면 좋겠어. 그러려면 서로에게 관심이 있어야겠지. 나는 역할이 사람을 만든다고 생각해. 나는 아이에게 최선을 다하고, 아이와 함께 맞춰 갈 자신이 있거든.

능력으로만 보면 좋은 아버지가 될지 모르겠지만, 어쨌든 최선을 다할 거니까. '나 이게 하고 싶어요.' 말할 때 '그래? 그럼 같이 알아볼까?' 가볍게 말하는 부모가 되고 싶고. 특히 아이가 꿈 앞에서 너무 좌절하지 않았으면 좋겠고.

가지려 할 때 커 보이고, 되려 할 때 어려워 보이는 법이다. 아버지와 공유했던 기억이 힘이 된다는 앵의 말에 내겐 무슨 기억이 힘이 될까 고민해본다. 나는 다시 겪고 싶지 않은 일들이 많다. 그게 아버지란 정체성이 두려운 이유이기도 하다.

단어마다 고유한 무게가 있다. '아버지'란 단어도 마찬가지다. 하나의 단어를 공유하지만, 그곳엔 각자의 사연을 담은 수백의 의미가 담겨 있기에 저마다 다른 무게를 지닌다. 앵은 아버지로서 해보지 못했던 일을 함께하고 싶다고 했지만 나는 반대로 내가 했던 일들을 다시 겪게 하고 싶지 않다.

앵과 나는 많은 면에서 달랐다. 하지만 많은 차이 앞에서도 힘이 빠지지 않았던 건 그를 진심으로 응원하기 때문이다. 소년에서 아버지가 된 앵을 곁에서 지켜보았기에 아버지에서 할아버지가 되는 앵도 보고 싶다. 한 사람의 진지한 열망이 얼마나 많은 사람의 웃음으로 이어지는지 지켜보고 싶다.

앵에게 아이에게 듣고 싶은 말이 있는지 물었다. 앵

은 '아빠 우리 이거 하자, 아빠 우리 놀러 가자'란 말이 가장 듣고 싶다 했다. 앵이 소유한 '아빠, 아버지'란 단어는 앞으로 더 많은 사연과 기억이 담겨 묵직하고 단단해질 것이다.

내가 가진 단어 '아버지'는 가볍고 약했지만 애써 찾아가 진행한 다양한 아버지와의 인터뷰로 조금씩 묵직해지고 있다. 내가 지켜본 것처럼 앞으로 앵도 나를 지켜봐달라고 했다. 내가 상실한 사연과 기억을 새로이 담아내 어떻게 아버지란 단어를 새롭게 채워가는지 지켜봐달라고 말이다.

아버지이기에 아버지를 이해하기 어렵다

with 홍담

홍담은 지역에서 활발히 활동하는 신문기자다. 시민사회와 문화영역에서 활동했던 홍담이었는데, 그는 초보 아빠이면서 기성과 청년의 경계에서 자신의 정체성을 깊이 고민하는 사람이기도 했다. 그에게 아버지의 역할을 무엇이라 생각하는지 물었다. 가장 전통적인 대중매체 종이신문에서 늘 새로운 도전과 혁신을 고민하던 홍담은 전통적으로 부여된 아버지의 역할과 자신을 구분하려 애쓰고 있었다.

이때까지 전통적으로 살아왔던 아버지들의 모습. 그러니까 제 아버지의 모습을 보면서 내 아이에게도 그렇게 해야 할까, 내 아버지처럼 하는 게 맞는 건가 고민하고 있어요. 많은 대화가 필요하겠죠.

전통은 수많은 시간과 경험을 통해 축적된 거대한

흐름이다. 같은 실수를 반복하지 않고, 때에 맞춰서 해야 할 일을 놓치지 않으려 규격화된 행동 양식을 제시한 것이 바로 '전통'이다. 복잡한 세상살이 하나의 고민이라도 덜기 위해 우리는 전통을 인정하고 양식을 따른다. 그러나 문제는 세상이 너무도 빨리 변해서 책임져야 할 일도, 경계해야 할 실수도 점점 달라진다는 점이다.

한국이 전반적으로 너무 빨리 변하잖아요. 혼돈 상태, 아노미 상태로 모두 살아가다 보니까, '변화에 더딘 아버지'와 '변화에 빨리 편승하는 자식' 간에 갈등이 더 생기는 것 같아요. 세상은 이렇게 빠른데 우리는 예전보다 훨씬 더 결혼을 늦게 하니까. 아버지에겐 그 격차가 상상보다도 거대하겠죠.

홍담은 이런 시차를 '혼돈'이라 말했다. 오늘의 사회가 혼란스러운 건 과거와 오늘의 일상이 너무 급격하게 달라진 것에 있다. 기성세대와의 갈등도 마찬가지다. 과거와 오늘의 아버지는 다른 언어를 가져야 하지만, 모두가 아직 이 시차에 적응하지 못한 것이다. 그렇다면 우린 시간이 흐르면 서로를 이해할 수 있을까. 다른 환경, 다른 속도로 살아가는 우리가 시간이 흘러 아버지란 공통의 역할을 수행하게 된다면 서로를 이해할 수 있을까.

속된 말로 '되어보면 그 마음을 안다'고 하지 않았나. 이해할 수 없던 내 아버지의 행동 양식과 고집, 내게 드러나지 않던 그만의 고민이 내가 누군가의 아버지가 되는 순간 자연스레 느껴지지 않을까. 아버지를 이해하고 싶고, 곧 그를 이해할 수 있겠다는 희망에 부푼 내게 홍담은 꽤나 단호하게 말했다.

아니요. 그건 아닌 것 같아요. 단순히 내가 아버지가 된다고 아버지를 이해하게 되는 건 아니라고 봐요. 저는 오히려 각자 아버지가 되면 '나는 아이한테 이런 마음이 들고, 이렇게 노력하고 있는데 내 아버지는 왜 그랬지? 왜 내게 최선을 다하지 않았지?'라고 묻지 않을까요? 오히려 아버지가 되기 때문에 아버지를 더 이해하기 힘들어질 수도 있을 거 같아요.

홍담의 시각은 달랐다. 그는 누군가의 아버지가 될 때 냉정하고도 객관적인 판단이 시작된다고 했다. 기자답게 그는 냉철했다. 그렇다. 같은 역할이 되면 '하지 않은 일'과 '하지 못한 일'을 비교할 수 있을 것이다. 홍담과 짧은 인터뷰를 나누며 매 순간 놀라웠던 점은 그가 아버지와 아들이란 감성적인 서사로 관계를 규정하지 않았다는 것이다. 그는 '아버지'란 역할에 대한 기대와 나의 가능한 역할을 분별하며 자신이 확보할 수 있는 최대한의 행복과 최소한의 책임을 유지하고 있었다.

가족 담론이 나올 때 유독 청년세대를 지칭하며 '무책임' 혹은 '이기심'이란 단어를 사용한다. 자신의 행복을 우선하는 것이 이기심이라는 것이다. 그런데 그렇게 단순히 자신을 향하면 '이기심'으로, 오롯이 타인을 향하면 '책임감'으로 재단할 수 있을까. 우린 이제 책임감의 방향도 함께 주목해야 한다.

내 삶을 향한 우선적인 책임과 조절도 분명 또 다른 형태의 '책임감'일 것이다. 출산율이라는 통계로, 인구가 줄어가는 도시를 이유로 아버지로서의 삶이 정상이라 말하지만, '나에 대한 책임'도 양보하지 못할 중요한 역할이다.

홍담은 당장의 삶이 안전하지 않기에 아버지가 되는 기쁨만큼 아이가 마주할 세상과 그의 세상을 염려했다. 홍담의 말대로 '혼돈'의 시기다. 더 이상 한 사람이 벌어 세 명의 구성원이 어울려 살 수 있는 과거의 환경은 오지 않는다. 이제부턴 전통적으로 살아왔던 모습과 다른 모습을, 지켜본 적이 없는 삶을 살아내야 한다.

다른 존재를 지키기 위해 희미해질 이들의 시대가, 자신을 찾을 새 없이 타인이 되어버리는 이들의 시간이 다가온다. 아버지가 되기에 아버지를 이해하기 힘들어지는, 서로가 되어 서로를 이해하기 힘들어질 때가 가까이 왔다.

4

나는
좋은 아버지가
될 수 있을까?

언제나 다름은 닮음에서 시작하니까

서른 명의 아버지 인터뷰를 계획하며 모든 과정을 기록할 프로젝트 이름으로 '돼지국밥'을 정했다. '아버지를 기록하다' 혹은 '아버지와의 대화'와 같은 직관적이면서도 재미없는 이름도 많은데 하필 돼지국밥이라니. 내 계획을 들은 주변 친구들도 그렇고, 인터뷰 대상자인 아버지들도 그렇고 모두 내게 인터뷰 프로젝트명을 왜 돼지국밥으로 지었냐며 의아해했다.

모든 사람에게 말한 건 아니지만, 사실 돼지국밥은 아버지와 내가 마주 보며 먹었던 마지막 음식이다. 그리고 인터뷰 대상을 찾기 위해 '부산'과 '아버지'란 키워드로 구글 검색을 하면 가장 많이 나오는 이미지가 돼지국밥이기도 했다.

음식에는 문화가 담겨있다. 특정한 대상, 특정한 지역의 사람들이 공통으로 누리는 정서가 하루 세 번 반복적으로 접하는 음식에서 드러난다. 그럼 항구도시와 중년 남성을 엮는 음식으로 왜 멀겋고 허연 국물의 돼지국밥이 연상되는 걸까.

아마도 어디에나 있고, 누구에게나 쉬운 음식이 '돼지국밥'이기 때문일 것이다. 타지인에게 유명한 돼지국밥이라고 해봐야 고작 8천 원이고, 동네 허름한 국밥집을 잘 찾아간다면 4천 원인 곳도 즐비하다. 지친 하루를 마감하며 가볍게 술 한잔하기 좋은 곳이 국밥집이고, 더 깊은 감정에 취하기 전에 고맙게도 뚝배기 속 안주가 바닥나는 곳이 국밥집이다.

내가 늘 닮고 싶어 하는 한 사회학자는 부산과 오사카 같은 항구도시에서 돼지를 사용한 국물 요리가 유명한 건, 싸고 고열량을 낼 수 있는 음식이 '돼지'밖에 없었기 때문이라며 지역과의 연결성을 말하기도 했는데 나는 그런 사회학적 분석보다도 돼지국밥이 가지고 있는 특유의 보편성에 주목하고 싶다.

부산 내 돼지국밥집 어딜 가더라도 새우젓과 다대기, 양파와 풋고추가 나오는 새로울 것 없는 통일된 식단이 제공된다. 부추와 새우젓까지 넣으면 적당한 비릿함이 감도는 언제나 먹던 그 맛이다. 모두 닮은 맛이자 익숙한 감각 속 다른 돼지국밥. 나는 서른 명의 아버지를 만나며 이들 모두에게서 이와 같은 '닮음 속 다름'을 발견했다.

우선 저마다의 다른 모양을 하고 있던 아버지들에게서 발견한 닮음은 하나, '감정'이다. 아버지들은 모두 누군가에게 미안해하고, 아쉬워했다. 저마다 다른 아버지의 모습은 새로운 여지를 보여주었다. 이렇게 되어야 할 아버지의 모습이 아니라 내가 되고 싶은 아버지의 모습이 더 중요하다는 것을 알려주었다.

생계를 위해 치열히 살아온 세월이지만, 내 시간의 기준이 가족은 아니었음을 이제 가족과 함께 할 수 있는 시간으로 돌이킬 수 없음을 잘 알고 있었다. 온몸으로 세상을 껴안으며 살아왔지만, 정작 나와 닮은 아이들을 품는 건 어색해하는 못난 중년의 존재들. 아버지란 이유로 기대받고, 아버지란 이유로 해내기도 하면서 어떻게든 꾸역꾸역 하루씩을 살아가는 '의지'가 내가 발견한 '닮음'이었다.

그런 아버지들이지만, 아버지의 역할과 과정을 설

명하는 단어에선 모두 달랐다. 어떤 아버지는 자연스레 아버지에 이른다고 했고, 누구는 아버지가 된다고 했다. 간혹 시간의 흐름에 따라 자연스레 아버지에 다다른다고 하는 이도 있었다. 이들은 자신이 설정한 아버지의 역할에 따라 제각각 다른 표현을 썼다.

어떤 아버지는 회색빛 도시에서도 가장 어둡고 눅눅한 그림자 속에서 살아가고 있었고, 누구는 푸른 바다 위에서 매일 그물을 걷고 풀어헤쳤으며, 멋진 자동차와 달큰한 향수 냄새가 코를 찌를 정도로 가득한 아버지도 있었다. 아버지란 같은 정체성을 가지고 있었지만, 이들은 모두 달랐다. 나는 아버지들이 모두 같은 언어, 모두 같은 책임을 느낀다고 생각했지만, 정형화된 아버지의 모습 따윈 세상에 없었다.

많은 아버지와 인터뷰하며 돼지국밥에 소주를 나눴다. 국밥에 소주 한 병은 적당히 얼큰하면서도 술기운을 낼 수 있는 좋은 안주다. 낯설고도 어려웠던 중년의 아버지를 만나는 과정은 새로운 세계를 탐색하는 기분을 선사했다. 인터뷰를 처음 시작할 때에 나는 이 작업의 끝에 도달하면 아버지란 존재를 제대로 바라볼 수 있을 것이라 기대했지만, 남은 건 삶에 대한 다양한 보기다. 이렇게 살아도 되고, 저렇게 살아도 된다는 정답이 없는 보기. 단순한 몇십 번의 대화를 통해 '아버지'란 세계를 이해하겠다는 계획은 복잡하게 얽힌 삶의 실타래를 손쉽게 풀어보려 했던 나의 교묘한 생각이자 어설픈 욕심이었다.

모든 인터뷰가 끝나고 나는 어느 정도 아버지와의 닮음을 인정하기로 했다. 그리고 이렇게도 살아가고, 저렇게도 살아가며 모두 아버지라 불리는 그들의 여지가 내게 다를 수 있다는 희망도 주었다. 내가 닮아야 할 아버지, 내가 향해야 할 아버지는 자기의 방식으로 당당히 살아가는 아버지에 있다. 언제나 다름은 닮음에서 시작한다.

149

너는 결혼할 거니.

엄마가 물었다.

그래도 아이는 낳아야지.

아무 말이 없는 나를 보며 엄마가 답한다.

나는 분명 당신 삶의 고통이었을 텐데 그래도 내게 아이와 결혼을 말하는 이유는 무엇일까. 여자 혼자 돈 벌어 네게 힘이 못 되었다면서, 그래서 매일 밤 힘들고 속상했다면서 내게 결혼과 아이는 꼭 가져야 한다며 말하는 이유는 무엇일까. 하루는 늦은 일정을 마치고 집에 들어오는 길이었다. 엄마는 나를 보자마자 밥 먹었냐고 물었다. 그에게 밥은 내게 전하는 안부이자 사랑이다.

엄마는 어렸을 적, 하교하면 집에서 엄마들이 기다

리고 있는 친구들이 부러웠다고 한다. 나를 기다리는 사람이 있고, 나를 환대해주는 집의 경험을 가지고 싶었다 했다. 그래서 엄마는 동생에게 텅 비어 있는 집을 보여주고 싶지 않아 어떻게든 동생보다 빨리 오려고 애쓰고. 내가 먹고 싶던 음식을 잘 먹는 동생을 보면 마냥 좋고, 엄마는 그냥 그랬다고 한다.

엄마는 우리에게 집이 되어주고 싶어 했다. 정돈되어 있고, 따뜻하며, 부족할 것이 없는 집. 누군가 나를 기다리며 잘 다녀왔냐며 반겨주는 집. 그리 어려운 꿈이 아니었지만, 엄마는 결혼하고 나서 평생을 밖에서 노동해야 했고, 슬픔으로 우리를 지켜야 했다.

그렇게 평생을 고생한 엄마의 얼굴에서 이제 주름이 보인다. 내 얼굴에 아버지가 있듯, 엄마 얼굴에는 할머니가 있다. 엄마 얼굴에 한 줄씩 그려지는 나이테를 보며 함께 한 지난 시간이 스친다. 엄마의 주름은 엄마가 걸어온 길과 같다. 미간의 골엔 엄마가 아파했던 어느 날 새벽이 담겨 있고, 입가의 주름엔 엄마가 넘어갈 듯 크게 웃었던 어느 날 TV 앞의 순간이 담겨 있다. 눈가의 주름엔 볼을 비비는 고양이를 바라보며 지긋이 웃던 어느 날

오후가 담겨 있고, 손등 위 주름엔 나를 위해 새벽녘 주방에 불을 켜던 피곤이 담겨 있다.

우리가 함께 스쳐온 걸음들이, 서툴렀던 언어들이 그 모든 주름에 담겨 있다. 기억 속 뽀얗던 엄마의 얼굴보다 모든 기억이 담겨 있는 지금의 엄마 얼굴이 좋다. 엄마의 얼굴에서 언뜻 스치는 할머니의 얼굴도 좋다. 그녀의 주름 위에서 뚜벅뚜벅 헤매던 우리의 걸음이 들려온다. 그녀의 주름은 내가 디뎠던 발판이고, 내가 한 번 더 일어설 수 있게 해준 힘줄이다. 그녀의 손을 잡고, 그녀의 품에 안겨 안전함을 느꼈던 순간이 스며있어 엄마의 주름 하나하나가 사랑스럽다.

아버지 인터뷰를 진행할수록 엄마의 존재감이 커져갔다. 홀로 두 아이를 책임져야 했던 어머니였다. 버거운 일이었고 타인의 도움이 필요한 상황이었지만, 그 모든 것은 각자의 사정일 뿐 사회는 고졸의 중년여성을 환대하지 않았다. 매일 밤, 지친 얼굴로 돌아와 쓰러지듯 잠에 드는 어머니를 바라보았다.

내겐 생물학적 아버지는 없지만, 아버지의 빈틈이 느껴지지 않을 만큼 자신의 아이를 위해 애를 쓰셨던 엄마가, 당당히 가족을 지켰던 가장이 있다. 아버지 인터뷰를 끝내고, 내 얼굴 위 아버지와 화해를 하고 난 이후, 나의 다음 과제는 엄마에게로 향했다.

누군가를 향한 애정을 품는다는 건 그로 인한 흔들림을 모두 감당하겠다는 뜻이다. 나와 동생을 위해 모든 걸 감당하고자 했던 엄마의 삶에 응답해야 했다. 여성의 사회참여가 호의적이지 않은 곳에서 여성으로서 또 가장의 역할을 해나간다는 것이 얼마나 어려운지를, 무엇을 참아내야 하는지를 곁에서 지켜보았다.

이제 나는 엄마가 홀로 통과해야 했던 사회에 대한 기록을, 엄마가 마주해야 했던 사회에 대한 이야기를 해야 할 차례다. 내 얼굴에 담긴 아버지와 마주했듯 다음은 엄마의 얼굴에 담긴 주름의 의미와 꺼내지지 않은 이야기를 찾아 내 안에 담긴 어머니를 만나야 한다.

4. 나는 좋은 아버지가 될 수 있을까?

우리 시대엔 가장이 아니라, 아버지가 필요하다

아버지란 존재를 오래 고민한 건 역할보다 '책임' 때문이었다. 아버지로서 감당해야 하는 무게와 능력이 내게 없다는 게 너무나 분명했다. 도시의 문법에서 나는 생존에 그리 적합한 이가 아니었다. 우선 타고난 게 고집도 세고 반골 기질이 강해 대학 공부를 오래 하지 못했다. 보다 자유로워지고 싶어 뛰쳐나온 교정이지만, 대학 정문을 나서자마자 세상은 학교가 아니라는 냉혹한 현실과 마주했다.

휴학생일 땐 출근 가능 일자만 맞추면 아무 문제없던 일자리들이 이젠 내가 누군지, 고등학교는 어딜 나왔는지, 심지어 왜 고졸인지까지 설명해야 내 것이 되었다. 이 땅에서 고등학교 졸업장만 가져서는 긴 호흡으로 미래를 준비할 수도, 그다지 많은 여유도 없었다. 나는 당장의 생계를 이어가기 위해 무엇이든 해야 했고, 오늘의 의미를 찾기 위해 어디에든 뛰어들어야 했다.

생존의 어려움을 해결하기 전까진 친구들이 그리는 미래도 자연스레 내 것이 아니었다. 졸업을 고민해 본 적 없는 내게 취업은 너무 먼 세계의 이야기였고, 제대로 된 직장이 없던 내게 결혼이란 단어 역시 너무 막연한 개념이었다. 아버지는 서른이 되는 해 갓 태어난 나를 안았고, 적당한 집과 적당히 여유로운 일상을 누렸지만, 서른이 되고 딱 아버지만큼의 덩치를 지닌 나는 유약하고 부족했다.

아버지는 곧 가장이었다. 돈을 버는 사람이었고, 가족을 책임지는 사람이었다. 그 몫은 오롯이 아버지만의 것이었고, 거기서부터 권위와 존경이 나왔다. 아버지란 존재는 사라지고, 가장이란 역할만 남은 오늘. 아버지를 곧 가장이라 여긴 나는, 아버지의 빈자리를 채우려 책임과 역할에 몰입했다. 인식의 왜곡은 이혼 가정 아이들만의 문제가 아니었다. 소위 정상 가족이라 불리는 공동체를 가진 친구들도 '아버지'보다 '가장'이란 단어를 불편하게 여겼다.

나는 이번 작업을 통해 가장이 아닌, 아버지를 바라

보고자 했다. 누군가를 위해 희생하는 존재가 아니라 '나만의' 방식으로 살아가는 아버지를 바라보는 것. 다양한 관점과 방식으로 살아가는 삶을 드러내는 것이 어쩌면 가부장적인 세계관을 해체할 수 있는 시작이 아닐까. 아버지와 가장은 다르고, 가장은 남성만의 것이 아니니까.

인터뷰를 위한 질문을 수집하며 또래에게서 관찰한 부담은, 나는 아버지만큼 숭고하게 살 자신이 없다는 문장이었다. 나를 잃어가며 살아갈 자신이 없고, 또 그렇게 사는 것이 과연 좋은 삶인지 모르겠다는 판단이었다. 누군가의 희망이 되는 자식의 역할도 마찬가지다. 나는 그저 나일 뿐인데 아버지의 희망과 삶의 이유가 되는 일 역시 어렵기만 하다.

누군가의 이유가 되는 순간 그럴듯한 존재가 되어야만 할 것 같은 압박감. 세상 속에서 그럴듯한 존재로 증명받아야 하던 불안함을 아버지가 되어, 어머니가 되어 아이에게 돌려주고 싶지 않다는 의지였다. 결혼 생각이 없던 한 친구는 내게 다른 아버지에게 '만약 딸이 결혼하지 않겠다고 선언하면 어떠실 것 같으냐'는 질문을 던져 달라고 했다. 이 물음에 한 아버지는 이렇게 답했다.

"충분히 혼자여도 돼. 사회적 관계망이 튼튼하다면 너는 얼마든 혼자여도 괜찮을 거야."

아버지가 전한 '괜찮을 것'이라는 답변. 우린 누군가에게든 '괜찮다'는 말을 더 자주 들을 필요가 있다. 여전히 '괜찮다'란 단어가 담긴 책이 서점 가장 중앙을 뒤덮고 있는 건 우리의 필요와 결핍이 무엇인지를 드러낸다. 내가 나에게 솔직할 수 있다면, 어떤 선택을 하든 이기적이거나 미숙한 선택은 결코 아닐 것이다. 우린 다양한 형태의 가족이 필요하고, 다양한 모습의 아버지가 필요하고, 혹은 아버지가 되지 않아도 괜찮다는 말이 더 많이 필요하다.

나는 이 책을 통해 아버지가 되겠다는 말에도 아버지가 되지 않겠다는 말에도 모두 괜찮다는 응원을 보내려 한다. 나의 삶 역시 어떤 선택을 하든 괜찮을 것이고, 당신의 삶 역시 어떤 선택을 하든 괜찮을 것이다. 그리고 이제 괜찮기 위한 조건인 '사회적 관계망'을 함께 고민해야 한다. 어떤 삶을 선택하든 괜찮을 수 있도록, '일반적인 가족', '일반적인 삶'이라는 단어가 무엇을 구분하는지 경계하고 보편적인 제도 위에서 누가 소외되는지 확인해야 한다. 아버지 중심의 가정에서 넓어지려면 제도적으로 더 다양한 가족의 형태를 품을 수 있도록 공론과 토론의 장을 시작해야 한다.

지나치듯 스친 뉴스에서 얼마 전 출산한 신혼부부의 인터뷰가 나왔다. 출생신고부터 아버지가 아닌 어머니의 성을 따라 지어진 아이와 부모의 인터뷰였다. 왜 남들과 다른 선택을 했냐는 기자의 질문에 그들은 차분히 개인의 철학을 고백했다. 반가웠다. 그들의 걸음 덕분에 더 많은 사람이 새로운 가족의 형태를 상상할 수 있을 것이다. 나도 성인이 되고 얼마 지나지 않아 어머니의 성을 따르면 어떨지 고민해본 적이 있다. 두 가지 이유였는데 하나는 아버지와의 관계를 재설정하기 위함이었고, 둘은 어머니와 나의 관계성을 표현하기 위함이었다.

우선 성을 바꾸면 아버지와 아들이라는 외적인 구속에서 벗어나 자유롭게 사고할 수 있을 것 같았다. 아버지와 아들이란 불변의 관계를 넘어 개인 대 개인으로 마주할 수 있다면 지금보다는 서로를 훨씬 가까이에서 만나며, 각자의 삶이 다름을 부드럽게 인정할 수 있을 것 같았다.

나는 그저 아버지와 편하게 마주 앉아 대화할 수 있는 관계를 바랐다. 우리를 당연하다는 듯 묶어내는 성씨의 경계를 넘어 서로에게 역할을 바라지 않고, 동시에 미안해하거나 위축되지 않는 그런 관계를 만들고 싶었다. 아버지의 성을 따르지 않겠다는 내 생각에 누군가는 너무 잔인한 단절이라 말하고, 누구는 너무 유치한 대응이라며 핀잔했지만, 사실 나의 생김새를 제외하고 가치관과 신념, 대화하는 방식까지 모두 어머니와 닮아있다. 내 이름에서 전혀 짐작할 수 없는 드러날 수 없는 어머니의 존재가 아쉬웠다. 외적인 것을 따라 30년을 아버지의 성으로 살아왔듯 이젠 내적인 것을 따라 이후의 시간을 그녀의 성으로 살아가 보고 싶은, 성인이 된 '나다움'을 드러내기 위한 고민이기도 했다.

꽤나 진지하게 고민했지만 한번 부여된 성을 변경하는 과정은 그리 쉽지만은 않았다. 법적으로 연결된 것을 바꾸기 위해선 아버지의 성을 따라 살며 발생한 어려움을 스스로 증명해내야 했다. 삶에서 통과한 여러 어려움이 있었지만, 이를 구체적인 법적 용어로 증명하긴 쉽지 않았고 무엇보다 친부의 동의가 필요했다. 생각보다 간단치 않아 차일피일 미루다 보니 성을 바꾸려는 나의 계획도 점차 흐려졌다. 그런데 그들의 인터뷰가 내게 또 다른 용기를 주었다. 세상에는 이런 가정도 있다고, 우리는 이런 가정임을 선택했다고 말하는 그들의 목소리가 나의 고민을 깨웠다.

만약 미래로 고민을 확장할 수 있다면, 만약 내가 아버지가 된다면 아내의 성을 따라 아이의 이름을 지을 수 있지 않을까. 아이들이 불릴 이름이 내가 가장 사랑하고, 존중하는 사람의 성을 따라 지어진다면, 홀로 두 아이를 키워낸 어머니의 삶을 기억한다면 그 역시 내가 할 수 있는 것 중 가장 의미 있는 선택이지 않을까. 언젠가 내게도 그런 꿈같은 순간이 찾아온다면, 진지하게 마음을 나누는 사람과 우리만의 방식과 역할을 새롭게 설정하고 싶다.

인터뷰, 내 생애의 작업

2016년, 서른을 앞두고 시작한 '아버지 인터뷰' 프로젝트가 내 삶의 방향을 크게 바꾸어 놓았다. 경험하지도 상상하지도 못했던 일들이 계속 펼쳐졌는데, 가장 먼저 일어난 이벤트는 '인터뷰 전시'였다. 내용은 부산문화재단에서 진행한 '문화다양성 페스티벌'의 한 꼭지로 아버지 인터뷰의 내용을 발췌해 시민들에게 공유하는 것. 가까웠던 시립미술관은커녕 동네 작은 전시장도 가본 적 없던 내게 뜬금없이 '전시 기획'이라니.

아무래도 내가 선택한 질문의 방식이 '세대갈등 해결'을 위한 계기나 단초로 해석된 듯했다. 하지만 사실 나는 세대 간 갈등을 해결하기 위해 질문을 기획한 게 아니었다. 해결이란 거창한 목적보다도 '판단의 보류'라는 조금은 단순한 목적에 가까웠다.

질문을 던진다고 해서 본질적인 문제를 해결할 순

없다. 오히려 잘못된 질문을 건네거나 왜곡된 답변으로 상황이 더욱 악화할 수도 있다. 그런데도 내가 '질문'이란 방식을 집중한 이유는 분명하다. 오직 누군가에게 질문을 던지고 답을 기다리는 순간만이, 마주한 상대를 앞서 판단하지 않고 상대의 언어를 기대할 수 있는 순간이기 때문이다. 질문이 갈등을 해결할 순 없겠지만, 상대를 향한 기대는 붙잡는다. 기대가 있다면 천천히 문제 해결을 도모할 수 있다.

같은 관점에서 나는 '세대 갈등'보다 '세대 간 대화'에 조금 더 주목했다. 우리는 보통 서로 이해하기 위해 대화를 시작한다고 하지만, 대화의 의미는 조금 더 단순한 곳에 있다. 대화의 의미는 이해보다 '일치'다. 바삐 흐르던 각자의 시간을 일치시키는 것. 다른 생각을 하던 두 사람이 하나의 주제로 시선을 일치시키는 것. 같은 감정으로 서로의 정서를 일치시키는 것. 결과의 일치가 아니라 과정의 일치가 대화의 참된 목적이다.

우리가 생각보다 다르지 않다는 판단을 위해 작은 시선부터 하나씩 일치해가는 경험이 중요하다. 이처럼 문제는 복잡하지만, 해결 방법은 단순하다. 모든 관계의 시작은 질문과 대화를 통한 두드림에 있다. 하루씩 하나의 질문을 건네어 갈 때 우리의 마음은 중첩되어 조금씩 가까워져 갈 것이다. 나는 인터뷰란 방식이 '질문을 통해 대화를 촉진'하는 가장 유효한 수단이라 생각한다. 서로에 대한 호기심을 잃지 않으려 부드럽게 건네는 질문의 정수가 인터뷰에 담겨 있다.

이런 판단 덕분인지 나는 인터뷰 방식의 작업을 계속 이어갈 수 있었고, 이후 '가족 내 세대 갈등 해결'을 위해 누구나 사용할 수 있는 '질문 툴킷'을 제작에 참여했다. 우린 세대별 자녀-부모 세대를 만나 12개의 질문을 추렸고, 30명의 자녀 세대와 30명의 부모 세대, 총 60명의 인원을 통해 질문 툴킷을 테스트했다. 대화를 통한 변화는 놀라웠다.

설문조사를 통해 대화 전후의 스트레스 치수를 측정해보니 참여 인원의 상당수에서 세대 갈등으로 인한 스트레스 지수가 완화됨을 관측할 수 있었다. 이제 우리는 질문 툴킷을 보완하고 더 많은 이들이 사용할 수 있도록 카드 형태의 도구를 만들어 배포할 예정이다.

툴킷을 제작하며 쑥스럽지만 거창하게 내세운 목표

는 이랬다. '가족 내 세대 갈등으로 인한 어려움과 스트레스를 해결하는 데 기여하는 것', 세대 간 소통은 오래된 문제이면서 당장의 문제이자 앞으로의 문제이기도 하다. 이 책의 마지막에도 아버지 인터뷰를 위해 수집했던 또래 청년들의 질문을 갈무리해 담아두었다. 누구나 이 책을 통해 대화를 시작하고, 일치를 위한 과정이 시작되길 바란다.

나는 인터뷰란 방식을 통해 아버지들을 만나며 중년의 존재가 말하는 상실감을 짐작할 수 있었다. 사회의 모습을 몸으로 두드리며 짐작했던 방식이 어느 순간부터 불현듯 통하지 않은 것이다. 더 넓은 세상과 만나기 위해 애쓰며 학습한 '최신'의 모든 것이 순식간에 구식이 되었고 살아온 방식의 관성은 너무 거셌다. 세상과 소통하고 싶다는 단순한 욕구를 채우기 위해 새로 습득해야 하는 기술과 언어도 만만치 않다.

너무 빨리 변하는 현실은 서로에 대한 오해와 상황에 대한 성급한 이해로 이어졌다. 더 이상 앞서 살아냈던 경험이 유의미하지 않은 것이다. 앞선 세대는 삶의 지혜와 세상에 대한 이해를 전수하는 존재였다. 살아낸 시간만으로도 충분한 가치가 증명되는 것이다. 그런데 이젠 그런 경험이 유익하지 않은 세상이다.

스마트한 세상에서 스마트하지 않음은 죄악이다. 모두가 마주한 적 없는 세상에서 '충분히 무르익은 경험'은 새로운 생각을 막는 방파제가 되고, 유연한 배움을 방해하는 불필요한 조건이 되었다. 경험이 더 이상 유익하지 않은 것이다. 알려줄 것이 없는 세대에게 남은 건 공포와 불안뿐이다. 노오력. 우리는 이제 세대를 떠나 세상과 다시 연결되기 위해 모두가 노오력 해야만 한다.

나의 노력이 인정받는 것, 그리고 나의 삶이 인정받는 것. 그들도 결국 사랑을 확인받고 싶어 하는, 아주 작은 마음에서 갈등의 언어가 나온다는 걸 확인했다. 어떤 아버지는 아이의 성장주기에 따라 스킨십의 밀도가 차이 나면서 조금씩 상실감을 느껴왔고, 육체적 감각으로 생생하게 확인받던 사랑을 이제 추상적인 관념으로만 짐작해 불안하고 외롭다고 말했다. 여기에 힌트가 있을 것이다. 우리가 아버지들의 언어가 투박하고, 불친절하다 느끼는 건 여전히 내가 사랑받고 있다는 사실을 '믿음'으로만 확인해야 했던 조급함에 어느 정도 기인하고 있는 것은 아닐까.

세대 갈등 해결 혹은 세대 간 대화를 위해 해결해야 하는 과제는 다양하다. 왜곡된 인식도 바꾸어야 하고, 일 상화된 차별적 언어도 교정해야 한다. 그리고 앞서 말했 듯 중요하게 다뤄야 하는 것이 정서와 감정의 일치다. 여 전히 사랑받고 있다는 확인이자, 내가 충분히 의미 있는 존재라는 확인. 대화의 의미는 바로 여기에 있다.

아직도 나의 꿈은 거창하다. 모두가 대화를 통해 상 처를 회복하는 것, 두려워하지 않고 대화를 건넬 수 있는 효과적인 도구를 제작하는 것. 타인의 아물지 못한 흉터 에 참고할 수 있는 방법을 제안하는 것이 오래 간직하고 픈 나의 꿈이다.

4. 나는 좋은 아버지가 될 수 있을까?   168

나는 좋은 아버지가, 아니 좋은 어른이 될 거야

인터뷰를 시작하며 가장 많이 들었던 건 '너도 아버지가 되고 싶냐'는 질문이었다. 아버지가 되고 싶어서 시작한 작업은 아니었다. 그저 우연히 아버지와 닮은 모습을 발견했고, 내 안에서 곪아가는 아버지에 대한 감정을 내려놓고 싶어 이어간 작업이었다.

'나이가 어떻든 받으려고만 하면 아이일 것이고, 기쁘게 내어주려 하면 어른일 것이다.'

내가 앞서 찾지 못했던 아이와 어른의 차이에 대한 정답이다. 여기서 어른의 내어줌이란 물질적인 것만 의미하진 않을 것이다. 함께 걸어가는 시간, 외롭지 않게 곁을 내어주는 공간, 이번 작업처럼 나와 같은 고민을 하는 이들을 위한 앞선 자료도 내어줌일 것이다.

나는 인터뷰를 통해 아버지란 단어에 담긴 기대와 책임을 떼어내고 싶었다. '아버지'의 해체, '아들'의 해체, '역할'의 해체를 통해 각자가 정의하는 아버지에 대한 상을 다양하게 기록하고 싶었다. 세상의 모든 아버지가 서로 다르다는 결론. 여기가 나의 종착지이다.

서른 명의 아버지를 만난 후 내가 되고 싶은 모습은 좋은 아버지보다 좋은 어른에 가깝다. 누군가를 길들이지 않고, 제대로 길러내는 어른의 모습. 이 책은 내 아버지에 대한 공격도, 내 지난 아쉬움에 대한 토로도, 나의 지난 결핍에 대한 증명도 아닌 보다 좋은 어른이 되기 위한 성장기다. 내가 걸었던 여정을 함께 걸으며 내 얼굴에 담긴 아버지와 내 얼굴에 담긴 아이를 여러분이 만났길 바란다.

한 번의 아버지 인터뷰를 마칠 때마다 아버지로서 전한 마음을, 혹은 누군가의 아들로서 어렵게 꺼낸 마음을 글로 엮어 꼭 다시 찾아뵙겠다는 약속을 했다. 하지만 2016년에 시작한 작업이 오늘에서야 마무리된 건 전적으로 나의 나태함과 부족한 실력 때문이다. 작은 지면을 빌려 그리 능숙하지 않은 인터뷰에도 기꺼이 솔직한 마음을 내어준 모든 아버지에게 다시 한번 감사를 전한다.

아버지란 세계의 지평을 알려준 양재기, 촌놈, 바보, 형, 이태백, 사바, 기돌이, 모모, 백귀신, 번개, 미친돼지, 곰팽이, 고구마, 이백삼십, 소, 강사노바, 초찐빵, 벅시, 별종, 홍담, 앵, 돌팔이, 쿨다움, 택트훈, 골리, 곰탱이, 점박이, 덴마크, 그리고 이름을 밝히지 않은 3명의 아버지가 아니었다면 이 책은 나오지 못했을 것이다. 내게 자신의 삶을 들려준 서른 명의 아버지에게 감사를 전한다.

첫 번째 책에 이어 함께 호흡을 맞춰 준 박정오 편집자와 최효선 디자이너님이 아니었다면, 이번 책은 나오지 못했을 것이다. 어설픈 글임에도 그럴듯한 단행본의 형태를 갖출 수 있었던 건 두 사람의 믿음과 지지가 있었기에 가능했다. 지금까지와 같이 앞으로도 한 영역에서 꾸준히 함께 걸어갈 수 있길 기도한다.

그리고 어렵고 부족한 환경 속에서도 나의 정서와 세계관을 풍부하게 채워준 존재는 어머니와 동생이었다. 내 얼굴엔 아버지가 있지만, 내 영혼 깊은 곳엔 두 사람이 있다. 오늘의 나를 만들어준 두 사람에게 사랑과 존경을 보낸다.

그리고 아버지에게 전하고 싶던 청년들의 질문 180여 개 중 70개를 추려 부록에 담았다. 나의 인터뷰가 책을 넘어 아버지 혹은 어머니와 대화를 나누고 싶은 모든 이를 통해 이어지길 희망한다. 나의 질문들이 서로의 순수했던 시간과 순수했던 마음을 꺼내 듣는 좋은 도구가 되길 희망한다.

'Before life removed all the innocence(삶이 내 순수함을 앗아가기 전에)' R&B 가수 루더 밴더로스가 부른 〈Dance with My Father〉의 한 구절이다. 그는 순수한 시절에 보았던 아버지의 모습, 가족들과 집에서 부드럽게 춤추던 아버지의 모습을 기억해냈다.

순수했던 시절, 내 기억에 남은 아버지의 모습은 함께 뜨거운 탕에 몸을 담그고, 운동장에서 함께 뛰고, 일요일 오전 그늘에 누워 길게 낮잠을 청했던 순간들이다.

이제 이 기억을 들고 나의 마지막 과업인 아버지를 만나러 가려 한다. 그와 어떤 이야기로 시작할지, 어떤 대화를 이어가며 서로의 순간을 맞춰갈지 모르겠다. 어쩌면 더 큰 상처와 다툼이 이어질 수도 있겠지만, Before life removed all the innocence. 삶이 내 순수함을 더 앗아가기 전에 나는 남은 용기를 다시 내어보려 한다.

인터뷰를 마치며 자신의 아이에게 전했던
아버지들의 문장을 담아봅니다

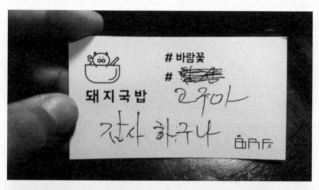

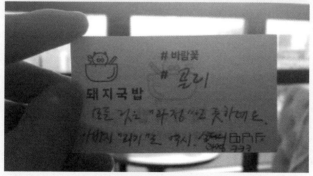

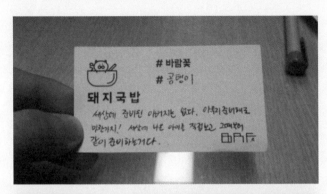

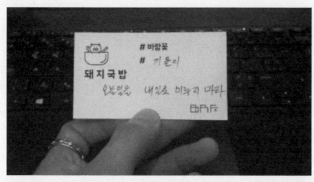

바람꽃
기둔이
돼 지 국 밥
오늘일은 내일로 미뤄지 마라

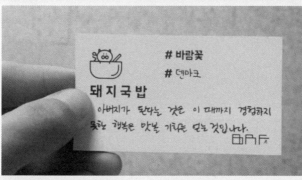

바람꽃
덴마크
돼 지 국 밥
아버지가 된다는 것은 이 때까지 경험하지 못한 행복을 맛볼 기회를 얻는 것입니다.

바람꽃
dolpalee
돼 지 국 밥
인생은 개쌍마이웨이 입니다

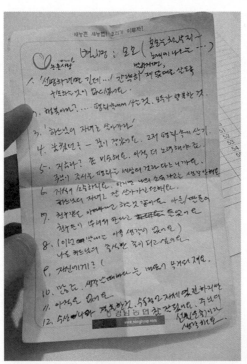

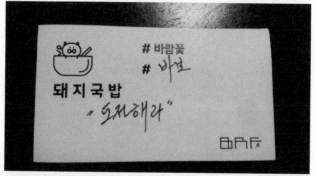

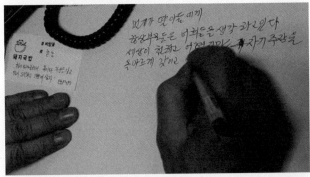

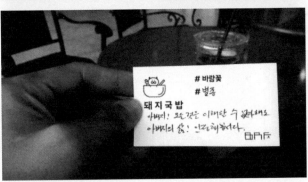

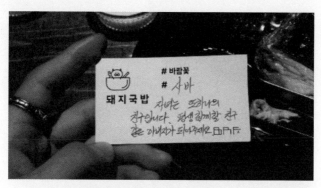

바람꽃
사바
돼지국밥 자녀는 또하나의
친구입니다 평생 함께할 친구
같은 아버지가 되어주세요 바메프

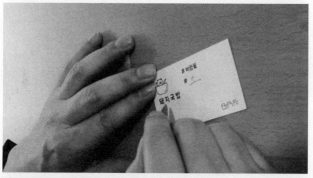

바람꽃
스
돼지국밥
바메프

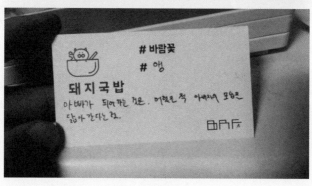

바람꽃
앵
돼지국밥
아빠가 되어가는 것은, 어렸을 적 아버지의 모습을
닮아간다는 것.
바메프

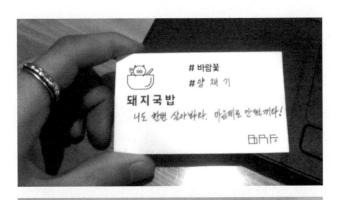

바람꽃
양 채 기

돼 지 국 밥
너도 한번 살아 봐라. 마음대로 안 될끼다!

바람꽃
이백상십.

돼 지 국 밥

우리는 그렇게 아버지가 된다.

바람꽃
이태백

돼 지 국 밥 우리 같은 인생을 살지
말고 평생 만족하는 인생을
살아라

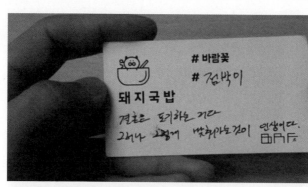
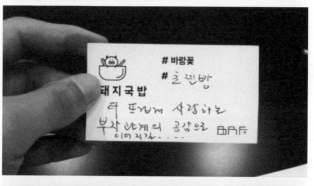
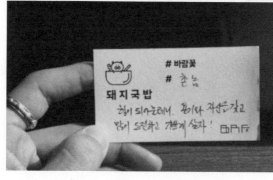

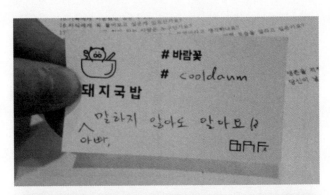

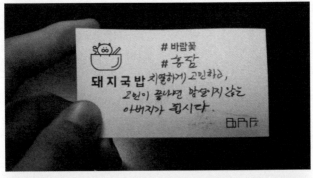

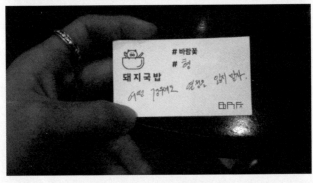

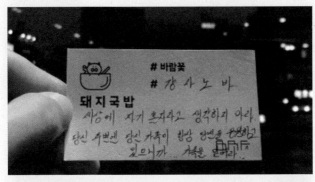

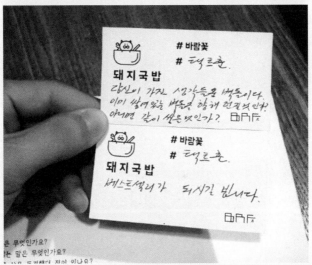

아버지에게
전하는
가지 질문 **70**

각자의 아버지에게 건네고 싶은
또래 청년들의 질문을 수집했습니다.

누군가의 딸, 누군가의 아들이 보낸
180여 개의 질문을 추려
최종 70개의 질문을 남겨두는 건
이제 각자의 자리에서 여러분이 써 내려갈
다음 인터뷰를 희망하기 때문입니다.

여기 질문을 통해
오늘은 나의 아버지와 마주 앉길 희망합니다.
여기 질문을 통해
서먹해진 아이에게 먼저 말을 건네주시길 기대합니다.

인터뷰란 그럴듯한 핑계로
다른 얼굴에 담긴 나를 발견하길 응원합니다.

1. 아버지가 어릴 때 하고 싶었던 일이 무엇인지 궁금하죠. 그때는 지금이랑 달랐으니까. 아버지가 하고 싶었던 일은 뭐였어요?

2. 지금 아빠의 꿈이 무엇인지 궁금해요. 아빠의 꿈은 뭐야?

3. 할아버지, 할머니가 원했던 아버지의 직업은 뭐였는지 궁금해요. 아빠도 공무원 하라는 말 들어본 적 있어?

4. 아빠. 아빠가 부러워하는 '딸 친구 아빠'는 누구야?

5. 돈이 필요한 것 같은데 구체적으로 얼마가 필요한지 묻고 싶어요. 아빠, 그래서 대체 얼마가 필요한 거야?

6. 아빠는 뭐할 때 가장 행복해?

7. 지금까지 나의 아빠로 살아오면서 가장 힘들었던 순간은 언제였어?

8. 아버지가 가장 자신 있는 건 무엇인가요? 저는 축구에요.

9. 아버지가 보기에 내가 잘할 것 같은 건 무엇인지 묻고 싶어요. 나도 나를 잘 모르긴 하지만, 아버지가 볼 때 나의 재능은 무엇인 것 같나요?

10. 아버지가 새롭게 배워보고 싶은 건 무엇인가요?

11. 아버지는 퇴사하고 싶을 때 어떻게 참았어요? 꿀팁이 필요해요.

12. 아빠가 생각하는 나의 가장 큰 단점은 무엇일지 궁금해요. 아빠, 내가 고쳤으면 하는 단점은 뭐야?

13. 나에게 듣고 싶은 말이 무엇일지 궁금해요. 아버지, 제게 듣고 싶은 말은 무엇인가요?

14. 아버지는 자신을 좋은 아버지라고 생각하나요?

15. 아빠는 날 왜 사랑해?

16. 아빠가 살아오면서 포기했던 가장 큰 게 무엇인지 알고 싶어

요. 아빠가 포기한 것 중 가장 큰 걸 말해줘.

17. 아버지는 지금 아버지로서 행복한가요?

18. 가장 최근에 울었던 적이 언제인가요?

19. 아빠는 주로 어디서 울어?

20. 아빠에게 가족은 무슨 의미인가요?

21. 아빠가 꿈꿨던 가족의 모습은 어땠어?

22. 아빠는 내가 결혼 안 해도 괜찮아?

23. 아버지가 생각하는 아버지의 역할은 무엇인가요? 아버지로서 당신이 해내야 할 역할은 무엇이라고 생각하나요?

24. 아버지에게 나와 동생이 정말 큰 힘이 되나요?

25. 아빠가 볼 때 나는 왜 살아야 할 것 같아?

26. 아빠는 나랑 있으면 행복해?

27. 아버지에게 묻고 싶어요. 아버지의 웃는 얼굴을 제가 마지막으로 본 게 언제인 것 같나요?

28. 나 빼고 아빠 삶의 희망은 뭐야?

29. 아빠가 진짜 이해하기 힘든 나의 행동은 뭐였어?

30. 나 때문에 언제 가장 큰 상처를 받았어?

31. 엄마를 왜 사랑해요?

32. 할아버지와 아버지는 닮았는지 묻고 싶어요. 할아버지는 어떤 사람이었어요?

33. 아빠가 할아버지에게 했던 말 중에 가장 후회하는 말은 뭐예요?

34. 아버지에게 힘이 되는 할아버지, 할머니의 말은 무엇인지 궁금해요.

35. 아빠는 내가 언제 독립했으면 좋겠어?

36. 아버지가 제게 물려주고 싶은 건 무엇인가요?

37. 아버지가 되어야지만 아버지를 이해할 수 있는 걸까요?

38. 가장 기억나는 내 어릴 적 모습은 뭐에요?

39. 아버지도 할아버지와 많이 닮았나요?

40. 다른 사람에게는 어떤 아버지로 비칠 것 같나요?

41. 제가 닮지 않았으면 하는 아버지의 특징은 무엇인가요?

42. 아빠가 생각하는 나의 역할은 무엇인지 궁금해요.

43. 아버지로서 마땅히 해야 하는 역할은 무엇이라고 생각하나요?

44. 내가 아버지로서 잘하고 있다고 생각하나요? 무엇이든 그렇게 생각하는 이유가 궁금해요.

45. 아버지가 해야 할 가장 중요한 일은 무엇이라고 생각하나요?

46. 아버지가 정의하는 '아버지'는 무엇일지 궁금해요.

47. 아버지로 살아오며 가장 보람을 느꼈던 순간은 언제인가요?

48. 아빠가 가장 두려웠던 순간은 언제였어?

49. 아버지이길 포기하고 싶던 순간은 없었는지 묻고 싶어요.

50. 아버지는 가족에게 어떤 말을 듣고 싶었는지 여쭤보고 싶네요.

51. 아버지로서 다시는 하고 싶지 않은 실수는 무엇인가요?

52. 이제 막 아버지가 된 나에게 꼭 하고 싶은 말이 있나요?

53. 세상 사람들 다 몰라줘도, 이것만큼은 자식이 꼭 기억해줬으면 하는 것이 있나요?

54. 같은 아버지로서 할아버지에게 도움받을 수 있다면 어떤 걸 물어보고 싶나요?

55. 지금과는 달리 약하고, 훨씬 작아진 아버지가 되어 있을 미래의 나에게 보내고 싶은 말이 있나요?

56. 아빠는 지금의 삶에 만족해?

57. 내가 아빠에게 가장 힘이 되었던 순간은 언제였어?

58. 아빠는 나에게 어떻게 기억되기를 바라?

59. 나를 통해 아버지가 배운 것은 무엇일지 궁금해요.

60. 다른 아버지와 자식을 보며 부러웠던 장면은 무엇인지 여쭤보고 싶어요.

61. 자식과 함께 고민하고 싶은 어려움은 무엇인가요?

62. 어버이날과 생일이 늘 어려워서요. 자식에게 받으면 가장 기쁜 선물이 무엇일지 궁금해요.

63. 아버지로서 다시 시작할 수 있다면, 다시는 하고 싶지 않은 일과 꼭 다시 하고 싶은 일은 무엇인지 궁금합니다.

64. 아버지에게 '성공한 아버지'는 무엇이고, '실패한 아버지'는 무엇인가요?

65. 당신에게 아버지로서의 롤 모델은 누구인가요?

66. 아버지는 아버지가 되기 전, 자신이 있었나요? 아버지란 역할을 잘 해낼 수 있다고 생각했었나요?

67. 아버지로서 해야 했던 일 중, 가장 어려웠던 일은 무엇이었나요?

68. 자식에게 꼭 물어보고 싶은 궁금한 게 있으신가요?

69. 독립적인 딸, 성인이 된 딸의 기준이 무엇이라고 생각하시나요?

70. 아버지가 보기엔 내가 어떤 사람이 될 것 같나요?

"세상 모든 것에 감탄하는 지혜로운 사람들의 공간"
도서출판 호밀밭 homilbooks.com

내 얼굴에 아버지가 있다

지은이	우동준
초판 1쇄	2021년 08월 15일
편 집	박정오 책임편집, 임명선, 허태준
디자인	최효선 책임디자인, 박규비, 전혜정
일러스트	최효선
미디어	전유현, 최민영
마케팅	최문섭
종 이	세종페이퍼
제 작	영신사
펴낸이	장현정
펴낸곳	호밀밭
등 록	2008년 11월 12일(제338-2008-6호)
주 소	부산 수영구 광안해변로 294번길 24 B1F 생각하는 바다
전화, 팩스	051-751-8001, 0505-510-4675
이메일	anri@homilbooks.com

Published in Korea by Homilbooks Publishing Co, Busan.
Registration No. 338-2008-6.
First press export edition August 2021.

Author Woo, Dong Joon
ISBN 979-11-90971-60-7   03810

※ 가격은 겉표지에 표시되어 있습니다.
※ 이 책에 실린 글과 이미지는 저자와 출판사의 허락 없이 사용할 수 없습니다.
※ 본 도서는 부산광역시, 부산문화재단의 2021 청년문화 육성지원 사업을 통해
　사업비를 지원받았습니다. 부산광역시 부산문화재단